illustration YOU TAKASHINA

入ってきた飛高から逃れようとしたが、腰を抱きこまれたままガラスに押しつけられ、気がつけば、唇を重ねられていた。

「ん……っ……ん…」

唇をこじ開けられ、根元から舌を絡みとられる。

# ゼロの獣
BEAST OF ZERO

華藤えれな
ELENA KATOH presents

KAIOHSHA ガッシュ文庫

イラスト☆高階 佑

# CONTENTS

★本作品の内容はすべてフィクションです。
実在の人物・地名・団体・事件などとは一切関係ありません。

「……刑事さん、あんたもしつこいな。さっきから何度も殺《や》ってねえって言ってんだろ。いいかげん解放してくんない?」

六畳にも満たない狭苦しい取調室。ふてくされたように吐き捨て、二十歳《はたち》過ぎの若い男がデスクに肘《ひじ》をつく。

「悪いな、俺はこう見えても蛇のように執念深いんだ」

朝海理史《あさみさとし》は立ちあがって腕を組み、男を見下ろした。

切れ長の三白眼、くっきりとした鼻梁《びりょう》、不遜《ふそん》な口元。身長は一七五センチと刑事のなかでは普通の体格をしている。

だが長めの黒髪を無造作に額に垂らし、鋭利な刃物のような眼差しの朝海が睨《ね》めつけると、威圧感を覚えて怖《お》じ気《け》づく者が多い。

この男もそうだ。さっきからふてぶてしい態度を取ってはいるものの、少しずつ追い詰められている雰囲気が感じとれる。

「ほら、吐け。さっさと吐いたほうがおまえの身のためだぞ」

冷徹に言った朝海を見あげ、男は舌打ちする。

「言ってんだろ。俺じゃねえって。無駄な取り調べはこのへんにして、早く帰らせてくれよ。あんたも寝不足だろ、署轄の刑事さんたちだって目にクマができてる。知らねーぜ、過労死しても」

「ありがとう、俺の健康まで心配してくれて。そんなに案じてくれるなら、ついでに自供しないか。そうすれば、俺も署轄の刑事さんたちもみんな安眠できる」

朝海は椅子《いす》に座り、デスクに肘をついた。

「それに……過労死レベルじゃないが、確かに寝不足で、俺の脳もまともに動かなくなってきてる。人間は、時として欲望が暴走して己の行動を抑制できないことがある。人殺しのおまえなら理解できるな？」

「へぇ、そんな言い方するんだ。そーゆーの、人権侵害になるんじゃなかったっけ？」

トントンと指先でデスクを叩《たた》き、男はにやりと笑う。

「知るか。おまえのような性悪を相手にしてると、こちらもストレスが溜《た》まって一発や二発殴ってやりたくなる」

「俺を殴ったらあんたが処罰されるぜ」

「安心しろ。正当防衛を主張し、書類を書き換えるくらい俺には朝飯前の仕事だ」

「何だと」

口の端を歪《ゆが》めた男が睨《にら》みつけてくる。目を細め、朝海は冷笑を浮かべた。

「所詮《しょせん》は権力のある者の勝ちだ。俺には、そんなことくらいどうとでもできる」

「畜生、この野郎っ、いい気になりやがって！」

ドンとデスクを叩いて立ちあがり、男が拳《こぶし》を振りあげる。朝海は微笑したまま、挑発するように言った。

「殴れ……そうすれば、俺の正当防衛が成立だ」

「……くそ」

男はデスクの脚を蹴《け》り、荒々しく椅子に座り直した。

――カッとしやすい性格をしている。これなら落とすのは簡単だ。

朝海は唇の端をあげ、微笑をさらに深めた。

そんな朝海を、先ほどから同じ取調室の片隅にいる署轄の若い刑事がハラハラして眺めている。

尤《もっと》も心配しているのは彼だけではない。

鏡のむこうに部屋があり、そこからこちらの様子を数人の刑事が確かめているのは知っている。警察への批判を恐れ、朝海が無謀な取り調べをしないか心配しているのだ。

東京都杉並《すぎなみ》警察署特別捜査本部――。

本庁（警視庁）捜査一課の捜査員として、朝海がこの地域で起きた『西荻窪《にしおぎくぼ》歯科医殺害及び、妻子失踪事件』の特別捜査本部に加わるようになって一カ月半が過ぎた。

本部が設置されたのは初秋の頃。

西荻窪駅から青梅《おうめ》街道にむかう途中の閑静な住宅街で若い歯科医の惨殺死体が発見され、モデル出身の美人妻と幼い一人娘が失踪するという事件が起きたのだ。

美人妻にはストーカー、歯科医には不倫相手、一人娘は幼稚園でイジメにあっていたことなども加わり、世間の興味を煽《あお》る事件となった。

加熱するマスコミの報道合戦。いつしか捜査員たちも影響を受け、犯人《ホシ》を不倫相手とストーカーに絞るようになってしまった。

その上、初動捜査における鑑識の曖昧《あいまい》な検証結果で、遺体に残された犯人のものと思える痕跡《こんせき》を見逃してしまったのだ。

このままだと真犯人を見失う。

それを恐れた朝海は、以前に所属していた鑑識時代の知識を駆使し、歯科医の遺体と現場の遺留品から容疑者を割り出した。

犯人は不倫相手でもストーカーでもない。ただの強盗目的だ。しかも自宅と同じ敷地内にある医院のなかを先に物色していることや勝手口を利用していることから判断すると、歯科医の患者か出入りの業者をさぐったほうがいい。

そのことに気づいたあと、証拠を固めて指紋から容疑者を割りだし、自宅裏にある緑地公園内に埋められた妻子の遺体を発見するに至ったのだった。

――現場の鑑識が的確な仕事をしていれば、このヤマはすぐに解決していた。

鑑識の取りこぼしが原因で初動捜査が遅れたため、残っていたはずの証拠が消失してしまった。おかげでこの容疑者は歯科医師宅への窃盗容疑は認めたものの、確固たる証拠がないことをいいことに、歯科医以下二名への凶行までは口を割ろうとしない。

「だからぁ、俺は歯科医も妻子も殺ってねーし。てか金さえ手に入れば、それでよかったわけ。たまたま窃盗に入った家の住人たちが偶然にも殺害されたなんて……俺としてはたまったもんじゃねーよ」

イヤな男だ。おまえのような社会のウジ虫はとっとと死刑になれ——と言いたいが、あとで人権派の弁護士から文句が出てくるとやり辛《づら》い。殴って吐かせてやりたいというのが本音だが、それではこちらがあとで訴えられる。

——ちょうど午前十一時か。

左手首の腕時計の文字盤を一瞥《いちべつ》し、朝海は部屋の隅に座った新米刑事に声をかけた。

「おい、新米、そろそろ腹が減らないか」

突然の問いかけに、若い刑事がきょとんとした顔で硬直する。

「腹が減ってないかって訊《き》いてんだよ。ちゃんと返事をしろ」

もう一度強い調子で言うと、慌てた様子でうなずく。

「え、ええ、は、はい、減りました」

「俺もだ。さっきから空腹で苛々《いらいら》している。もう脳まで神経がまわらないんだ」

朝海は掌《てのひら》をデスクにつき、立ちあがった。

「それで俺を威《おど》してるつもりか？　残念だが、やっちゃいないもんまでやったなんて、言う気はねえぜ。そもそも威しはいけねえぜ、威しは」

ふてくされた態度に、ざわり、と血が騒ぐ。何としてもこいつの口から吐かせたいという執念のようなものが。

「どうしたんだ、刑事さん、反論できないのか」

「まさか。威すわけねーだろ。そんな非人間的なことを、この俺がするわけがない。ただ、腹が減ったなぁと、同僚に話しかけただけだ」

腕を組み、朝海は容疑者を見下ろしながら、再度、新米刑事に声をかけた。

「おい、新米、そういえば、おまえ、この事件の捜査が終わる前に、一度、西荻《にしおぎ》駅前の行列のできるラーメン屋のタンメンを俺にごちそうしたいと言ってたな」

「あ、は、はい。いつも行列がすごくてなかなか入れないんです」

「そうだったな。だが今の時間帯なら、そう待たなくても、噂《うわさ》のタンメンにありつけるだろう？」

「え、ええ、今の時間帯ならまだ」

容疑者は夜に吐く……と言われる。こんな時間帯に吐かせるのは難しいかもしれないが、やってやれないことはない。なにより腹が減ってどうしようもなかった。

「では、五分で吐かせてやる。おまえは今のうちに俺の昼食代を用意しておけ」

「え……」

「今日で捜査は終わりだ。今日の昼食を逃すと、奢《おご》ってもらうチャンスがなくなる」

「でも」

「大丈夫だ、この男があと五分で自白してくれる」

朝海がくすりと笑うと、男はカッとした様子で声をあげた。

「てめえ、ふざけたことばかり言ってるとぶっ殺すぞ」

「うるさい、おまえこそふざけんな。俺はいいかげん腹が減って苛々してんだ」

「そういうの、人権無視ってんだぜ」

「人権？　さあな、俺はそんな言葉は知らないよ」

きつい眼差しで睥睨《へいげい》したあと、朝海は口元ににやりと笑みを浮かべた。

「悪いが、俺はおまえのような人間のツラをした人間じゃない奴が大嫌いなんだ。さあ、ぶっ殺されないうちに吐いてしまえ」

# 1　一課の鬼

渋谷《しぶや》の道玄坂《どうげんざか》——裏通りのホテル街に、警察官らの怒号が飛び交う。

「どいてどいて、邪魔だよ！」

「ダメダメ、こっちに入ってきたら」

騒然とした人だかり。

あわただしく機動隊が取り囲み、ロープが張られたなか、捜査員たちのあとから青い制服姿の鑑識課員たちが遺体発見現場にむかう。

そこに数名、左胸に赤いバッジをつけた刑事が紛れこんでいる。

金色の文字でＳ１Ｓと記されたバッジは警視庁捜査一課の刑事にだけ許されたものだ。

殺人や誘拐等、凶悪犯罪を対象とした捜査一課——。

「通せ、警察だ！」

白手袋を嵌《は》め、『捜一』の腕章をつけた朝海《あさみ》は、野次馬を縫うように進んでいった。

道玄坂のホテルの一室で、若い男女二名の惨殺死体発見——という一報があったのは十数分前。朝海は本庁からすぐに駆けつけた。

現場にむかう途中、通路の端に集まっていた署轄の刑事や機動隊たちの話し声がうっすらと聞こえてくる。

「あれが朝海か……噂どおり、鬼畜なオーラを全身から漂わせているな」

「一課の鬼だからな。あの男が加わると、署轄は事件解決まで延々と眠れなくなってしまうという話だ。たかが三十一の若造の分際で生意気な奴だぜ」

「例の西荻《にしおぎ》の歯科医事件でも犯人への猛追はすごかったらしいな。おかげで事件は解決し、鬼畜刑事の名をさらに高めたそうだが」

チラリと視線をむけると、気まずそうな顔で彼らが押し黙る。

朝海は舌打ちした。

――俺の話をする暇があれば、仕事をしろ、仕事を。

きつい目で睨めつけたあと、朝海は彼らに背をむけた。

一課の鬼、鬼畜刑事……。

イヤな仇名《あだな》だ。そのため、ペアを組まされる署轄の刑事が朝海を必要以上に恐れ、仕事がし辛い。この前の、西荻窪《にしおぎくぼ》での歯科医一家殺人事件の特捜部でもそうだった。新米刑事に声をかけるたびに硬直され、実にうっとうしい思いをした。

最終日、容疑者が『俺がやりました』と涙ながらに自供したあと、約束どおり行列のできるラーメン屋にむかった。しかし新米刑事は、朝海がそばにいるだけで緊張し、まともにラーメンを食べることができなかった。

——結局、俺が奢るはめになって。ついでにチャーハンも注文したのに、あの野郎、一口も食べないで失礼なやつだ。

「朝海主任、こっちです、どうぞ」

機動隊に案内され、朝海はホテルの廊下を進んでいった。花柄の壁紙や大理石風の通路は、一見、愛らしくゴージャスそうに見えるが、隅々まで掃除が行き届いていない上に、よく見ればずいぶんと安っぽい内装だ。

遺体のある室内もカリブリゾートを想像させるオモチャのような部屋だった。椰子《やし》の実や南の海が描かれた壁紙。天井は作り物の夜空で、明かりを消すと壁紙に塗られた星形の塗料が煌《きら》めくようになっている。

「朝海、こっちだ。見てみろ」

先にきていた月山《つきやま》警部が声をかけてくる。三十代半ば。無精髭《ぶしょうひげ》を生やしたワイルド系のルックス。朝海が所属する第八係の係長、つまり直属の上司である。しかしこの春に他の課からやってきたばかりなのでまだ短いつきあいしかない。

「ひどいものですね」

朝海は、ふたりの遺体を見てボソリと呟《つぶや》いた。

捜査一課の赤バッジをつけるようになって今年で四年。惨殺された遺体を見慣れているとはいえ、何度見ても胸の底に冷たい泥が溜まっていくような気分になる。

二体ともむごい惨状だった。

折り重なるように仰むけになって床で倒れている男女。しかも双方が凶器と思われるナイフを手にしている。飛び散った血飛沫《ちしぶき》。それぞれためらいのない見事なまでの切り口。

「……殺害されたのはいつですか？　性交前か、性交中か性交後か」

朝海が問いかけると、月山はかぶりを振った。

「鑑識中だ」

「今回は大丈夫ですか？　西荻《にしおぎ》の歯科医一家のようなミスはごめんですよ」

部屋にいる鑑識課員の後ろ姿を眺めながら呟く。

管理官がこちらをちらりと一瞥したあと、鑑識たちになにか小声で耳打ちしている。どうせロクでもない話をしているのだろう。うるさい男がきたので気をつけろ、文句を言われないようにな……などと。

四年前、捜査一課にくるまで、朝海は警視庁内の鑑識班に所属していた。そのときはそのときで『やり手の鑑識』と呼ばれていた。

——俺がいた当時は、もう少し優秀な鑑識がいたはずだが。

その後、退職した者やＦＢＩに研修に行った者がいるため、当時よりもレベルが下がってしまった気がする。そのせいか現場でもどかしさを感じることが多い。

過去の経験から彼らの仕事が手にとるようにわかるため、つい不手際を指摘したり、職務への高い要求をしてしまいがちなのだ。

それゆえ現場に朝海が現れると、彼らの間に戦々恐々とした空気が流れる。部外者のくせに細かく仕事に口だしする、うっとうしい刑事が現れたとして。

「朝海、俺は本部に連絡してくる。その間に、おまえは引き続き、現場の確認に当たってくれ。鑑識とは仲良くしてくれよ」

月山は顎《あご》の無精髭を手でなぞり、苦い笑みを浮かべると、なだめるように朝海の肩をポンと叩いた。

「……わかりました」

癖《くせ》のない黒髪をかきあげ、朝海は鋭い眼差しで鑑識課員たちが鑑識札を並べたり、現場写真を撮りながら検証している遺体をじっと見下ろした。

すると四十歳くらいの刑事が声をかけてきた。

「朝海主任、初めまして。私は渋谷署組織対策課の久保《くぼ》だ。あれを見ろ、同じ風俗店のカードが落ちているが、知っているか?」

色黒で、筋骨隆々とした体格。いかにも武闘派といった風情の刑事だ。角刈りになった頭を掻《か》きながら、彼は床に落ちている数枚のカードを指さした。

そこにはデザインが違う数種類のカード。歌舞伎町《かぶきちょう》にある風俗店のカードだ。

「名前くらいは。やばい筋の店だろ?」

「ああ。新宿《しんじゅく》署が詳しいマル暴絡みの店だ。まあ、この事件とは関係ないだろうが」

久保が投げやりに言う。

「決めつけるのは早いんじゃないか」

暴力団絡みだと期待して現場に駆けつけたものの、被害者《ガイシャ》がいかにも素人《しろうと》といった男女なので、自分たちとは関係のない事件だと言わんばかりの態度だ。それとも新宿署が追っている風俗店なので、手を出さないという約束なのか。

「どう見ても変態趣味の男と女が性交に及んでいるうちに、勢い余って……といったところだろう。うちには関係のない殺しだ。私はこれで失礼するよ」

「勝手に自己判断するな。憶測で決めつけると大事なことを見失うぞ。暴力団が絡んでないとどうして言い切れる」

きつい口調で朝海が言うと、立ち去ろうとしていた久保が振り返る。

「一課の赤バッジかなにか知らないが、ヒモみたいなツラの若造が偉《えら》そうに。私が勝手な判断をしているとでも?」

ドスの利いた声。それで威しているつもりだろうか。

「これはあきらかに素人レベルの殺しじゃない。それがわからないなんて素人か。交番勤務からやり直したほうがいいぜ」

言いながら、渋谷署の久保は切れやすいという評判だったことを思いだしたそのとき。

「この野郎っ！　何様のつもりだっ！」

怒号をあげ、久保がぐいっと腕に掴《つか》みかかってきた。殴りたければ殴れ……と言わんばかりの眼差しで朝海は久保を睨めつけた。

「何だ、その目は。本気で殴られたいのか！」

「別に殴られたくはねーが、殴りたければ遠慮なく。……尤も、その前に、俺があんたの股間を蹴りあげるけどな」

「こいつっ、調子に乗りやがって！」

久保が拳を振りあげる。

一触即発。現場に緊張感が走り、捜査員や鑑識課員たちの動きが止まったそのとき、鑑識の集団から低い男の声が聞こえてきた。

「待ってください、そこの短髪の刑事さん。今回の事件は、そちらの格好いい刑事さんの言うとおりです」

静まりかえった現場に、その若い男の声だけが響く。

「何だと？　今、発言したのは誰だ」

朝海をドンと突き放し、久保が鑑識の集団に詰め寄る。しかしそれを無視するかのように、男は続けた。

「犯罪者《ホシ》は、第三者です。おそらく外国人、イラン系の麻薬《ヤク》の密売人の可能性が強い。それから左利き。現在、逃走中。この近くに左袖《そで》に返り血を浴びた中東系の外国人がいれば、職務質問してみてください」

淡々と語る男。青色に黄色のラインが入った鑑識の制服を身につけた一団のなかに、これまで見た覚えのない男の後ろ姿があった。

——何者だ、この男……。

眉《まゆ》をひそめ、朝海は声の主に視線をむけた。ひどく腰の位置が高い。すらりとした体躯《たいく》。なめらかな手触りのよさそうな焦げ茶色の髪が印象的だ。

——こんな奴が鑑識にいたのか？

眉をひそめながら、朝海は居丈高《いたけだか》に声をかけた。

「今のは誰だ？」

朝海が声をかけると、他の鑑識課員たちの動きがぴたりと止まる。久保はわけがわからなさそうな顔で朝海と声の主を交互に見ていた。

「聞こえなかったのか、今、誰が発言したんだ」

朝海の低い声が現場に響く。

「……俺です」

男がゆっくりと立ちあがる。ふりむき、男は朝海をじっと見据えた。

帽子の鍔《つば》の下から、浮かびあがるシャープで美しい相貌。めったに見かけない整った容姿の男だった。背は朝海よりも数センチほど高い。

腕には赤い鑑識の腕章。ブラックフレームの眼鏡。まだ二十代半ばの若さなのだろう、モデルのようにすらりとした長躯に青い制服がよく映えている。

その端麗な顔を正面から見据えた刹那《せつな》、朝海は我が目を疑った。

「――――っ！」

喜代原《きよはら》――――っ？

呆然《ぼうぜん》と目を見開いた朝海に、男は訝《いぶか》しげに眉間《みけん》に皺《しわ》を刻む。

「なにか？」

さも煩《わずら》わしそうに、あきらかにうっとうしそうに問いかけられる。

酷薄そうな風情や全身からにじむ冥《くら》く冷たい空気。切れ長の鋭利でミステリアスな眼差しは、猫科の動物のようだ。たとえるならサーバルキャット。長めの前髪は光を浴びると艶《つや》やかな琥珀《こはく》色に煌めき、双眸《そうぼう》の前でなめらかに揺れている。それに彫りの深い眼窩《がんか》、くっきりとした鼻梁のライン。

風貌は瑞々《みずみず》しく凛々《りり》しい。だが眼差しはひどく冷めている。

なによりその尊大ともいえる態度は、朝海の知っている男とまるで違った。

MPD
INVESTIGATION

――違う、喜代原ではない。同じように秀麗で目鼻立ちが整っていたが、彼はもっと優しげな印象だった。それに……彼は、もうとっくに……。

眼鏡がなければ、一瞬、四年前に殉職《じゅんしょく》した同僚が生き返ったのかとかと思ったが、そうではなかった。

まったくの別人だ。ただ目鼻立ちが似ているだけで、身長も体格も違う。喜代原は朝海とほぼ同じくらいの体格だったが、ここにいる男はもう少したくましい。制服の上からでも形のいい筋肉で形成された体格をしているのがわかる。それに長身だ。

なにより全身からにじみでる雰囲気が、亡き親友とはまるで異質だった。

「見かけない男だな。……名は？」

朝海は腕を組み、尊大に男に問いかけた。

「あっ、ま、待ってください、朝海主任！」

鑑識課の管理官が立ちあがり、男と朝海との間に分け入る。

「彼は新たにうちにきた飛高《ひだか》という者で。……飛高、言っただろう、彼は鑑識嫌いで有名な朝海という刑事で、きちんとていねいに……」

管理官が彼に耳打ちする。しかし飛高という男は、管理官の説明など気にするふうでもなくぞんざいに返した。

「挨拶《あいさつ》は自分でします。こちらの香港《ホンコン》スター系の刑事さんと話がしてみたかったんです。

なので管理官は仕事の続きを。ご紹介いただかなくても大丈夫ですので」

生意気な男だ。管理官は、おまえの上官だろう、怖いもの知らずなのか、ただの礼儀知らずなのか知らないが。

「飛高、彼――朝海主任は捜一の強面《こわもて》だ。失礼のないような」

管理官はポンと彼の肩を叩くと、遺体に視線を戻した。

「俺と話がしたかったとは……光栄だな」

口の端をあげ、朝海は冷ややかに苦笑した。

「格好よかったので」

「おふざけはいい。早く自己紹介しろ」

「わかりました」

飛高は朝海を凝視し、淡々と自己紹介を始めた。それこそ機械のように。

「先週から警視庁刑事部鑑識課に勤務した、検屍補助官の飛高征彦《まさひこ》です。警視庁ではまだ鑑識の経験はありませんが、以前にいたところでも鑑識関係の仕事をしていました。以後、よろしくお願いします」

検屍補助官というと、役職は巡査長だ。立場的には、管理官の運転手のような存在でしかない。それなのに、この態度は何なのか。一体、以前はどこに所属していたのか？　飛高という名前など聞いたことはない。それなりの凄腕《すごうで》なら、これまでに何度か朝海の耳に入っているはずだが。

「俺は捜査一課の朝海だ。役職は主任。それで、飛高検屍補助官、早速《さっそく》だが、今の発言の根拠は？　遺体を一瞥しただけで計画的犯行と判断した理由は？」

問いかけると、飛高は相変わらずの無表情で淡々と返した。

「ためらい傷や軽度のかすり傷がひとつもないからです。それに切り口の見事さ」

それは朝海も気づいていた。傷口に残る切れ味の鋭さ、強度、どれも一定のレベルのもので、しかも人間の皮膚を切り慣れている者でなければわからない絶妙さ。

いい鑑識眼をしている、新米とは思えない……と、内心で感心している朝海をよそに、飛高は説明を続けた。

「この二遺体、ともに刺し傷の強度がどれもほぼ同レベルです。普通、荒々しい性行為中に亡くなったのなら、こんなふうにはなりません。ましてやこのふたりは、右利き。男女とも右手にかなりしっかりとしたペンダコが残っています」

「ペンダコ？」

凄惨《せいさん》たる現場に、あまりにも違和感のあるその言葉。

朝海は眉間に皺を刻んだ。

「あとで確かめてください。右手中指の、第一関節左部分の肉が硬くなって隆起している。ふたりは多くの書類を作成するデスクワーカーか、受験生といったところでしょう。完全な運動不足の躰《からだ》つき、右肩、右腕の癖のある肉の張り……」

朝海は眉間の皺をさらに深めた。この男、そんなこともチェックしているのか。

「受験生？　バカなことを言うな。ガイシャは二人とも三十前後だ。こんな年の受験生がいるものか」

バカじゃないのか、と、久保が呆《あき》れたように嗤《わら》う。しかし飛高は気を悪くしたふうでもなく、補足するように説明を加えた。

「遺体を見て判断しました。遺体からわかることは、ふたりは右利きの、相当なデスクワーカーということです。そして刺し傷の角度から見て、犯人は左手を使っています。刺し傷の位置や速さから見て相当な運動神経の良さがうかがえます。だがこのふたりの筋肉や骨格からは到底考えられない」

機械が説明しているような抑揚のなさ。

無表情な顔に、何の感情もない言葉遣い。敬語を使ってはいるが、新米警察官らしい初々しさなど微塵《みじん》もない。

顔色ひとつ変えず、淡々と惨殺された遺体を分析し、説明するさまは不遜なまでに落ち着き払っている。

一体何者なのか、ここまで自信ありげに分析する根拠は何なのか、どこで、どれだけの経験を積んできたのか……と諸々《もろもろ》のことが気になった。

しかし今、優先すべきは目の前の捜査だ。この男の経歴を詮索《せんさく》している余裕はない。

「すごい自信だな。まるで熟練プロファイラーのようだ。その若さでたいしたものだ」

皮肉をこめ、朝海は鼻先で嗤った。その態度が気に喰わなかったのか、飛高は不満そうにわずかに目を眇《すが》めた。だが、なにも返してこなかった。

「……それで、犯人がイラン系という根拠は?」

「かすかに残る匂い。それから切り口。凶器は彼らのもっているナイフではなく、小さな半月刀。彼らの教えでは不浄と言われる左手で犯行に及んだのでしょう」

被害者に視線をむけ、飛高は機械的に説明を続けた。

「犯人は凶器を隠し持っているはずです。イラン系だと思ったのは、彼らが新たに密売を始めたセックスドラッグを使った痕跡があるからです。但《ただ》し、背後にいるのは中華系組織でしょう。DNAを調べればすぐに判明するはずです」

確かにその可能性は高い。

最近、観光ビザで日本に入国しているイラン系の売人を使った中華系組織が台頭し、渋谷や新宿の若者中心に荒稼ぎしている。

これまでの福建《フッケン》省系の組織とは異なった、新たなマフィアだ。ここ数年、都心でじわじわと地下水脈を広げるように勢力を広げているのだが、彼の言葉は、遺体を見ただけでそこが絡んでいると示唆《しさ》したようにもとれる。鑑識の範ちゅうを超えている発言だ。

「飛高……。きみはざっと現場を見ただけで、どうしてそこまでのことがわかる」

朝海は尊大な態度で尋ねた。

「真実は真実。それ以外になにもないからです」

泰然とした答え方。自身の見立てへの、異様なまでの自信。

「それを裏付ける理由は？」

「遺体とむきあえば、真実は自然と見えてきます。……それよりも、主任、用がなくて突っ立っているだけなら、そこ、ちょっとどいてくれませんか。血痕が飛んでいる可能性があるので」

朝海はあとずさった。当然のようにその前に進み、飛高はひとつひとつの血痕をじっと見据えながら鑑識札を置いていった。

「この血痕とこの血痕は、付着した時間に違いがあるはずです」

飛高が自分の上司に声をかける。

「時間に違い？　どういうことだ」

管理官が傍らにしゃがみこみ、飛高が指さしながら説明する内容にじっと耳をかたむけ、時折、ふんふんとうなずいている。

――この男……何者だ、一体。上司と部下が逆になっている。

冷ややかな目でじっと鑑識の様子を見ていると、本部と連絡を取っていた上司の月山が戻ってきた。

「朝海、今、本部から連絡が入った。左側の袖口に血痕のついた衣服を着て、ふらふらと裏通りを歩く不審な中東系の外国人がいたため、署轄の刑事が職務質問したところ、自首したらしい。凶器も見つかった。これからこっちに連れてくるそうだ」

犯人確保……？　左利きの中東系外国人。では、飛高という男が言っていたとおり……ということになるのか。

「そうだ、今、飛高検屍補助官と話をしていたようだが、彼についてなにも説明していなかったな」

月山が思いだしたように言う。

「説明？　どうしてわざわざ」

「わけ有りなんだ。くわしくは、本部に戻ってから説明するが、あの若さと役職からは嘘《うそ》のような話だが……彼は鑑識のプロ中のプロなんだよ」

「たかが二十代の若造が？　科学捜査研究所の死体捜査官……ですか？」

「そうでもあるような、そうでもないような。あとでくわしく説明するよ」

意味深な月山の言葉に眉をひそめ、朝海は飛高に視線をむけた。

鑑識札の置かれた遺留品をひとつずつ確認している姿。

濃い青色の制服を身につけ、じっと遺体の周辺を見ている彼の眼差しは鋭い。

ハンターのような視線。上唇が尖《とが》った生意気そうな口元、シャープな顎のライン。

さっきはどうして喜代原と見間違えたのか。

目鼻立ちが怜悧《れいり》に整っている以外に共通点などなにもないのに。

喜代原……。捜査中に殉職した親友。もしかすると助けられたかもしれない、俺がもう少し何とかしていれば……という己への猛烈な自己嫌悪。

忘れようとしても忘れられるわけがない。いや、そもそも忘れる気などない。彼の事件があったからこそ、今、自分は捜査一課の鬼となっているのだから。

――こうして見ていると、喜代原とは雰囲気がまるで異質だな。飛高からは、触れるとひんやりとした空気が漂ってる。

だが、決してイヤな雰囲気ではない。どこかの実験室に入ったような、ツンとした薬品のにおいがしてきそうなクールさは、心地のいいものがある。

じっと凝視する朝海の視線に気づき、飛高は斜めにこちらを見あげた。

鑑識の帽子の下のくっきりとした鋭い眼差しと視線がぶつかる。さすがに心地悪さを感じたのか、飛高はまわりの人間になにか小声で耳打ちしたあと、足を進めてきた。

「朝海主任……」

朝海の目の前に立ち、飛高が睥睨してくる。ガン見するなとでも言われるのかと思ったが、彼の口からは違う言葉が出てきた。

「もしかして、私に気があるんですか」

腕を組み、挑発的に問いかけられる。

——はあ……？

なにを言われたのかわからず、数秒硬直したあと、朝海は眉間に深い皺を刻んだ。

「……おまえに？　俺が……だと？」

じっと見据えると、飛高はそれまでの無表情を崩した。といっても、意味深な笑みを口元に浮かべただけだったが。

「主任ならいいですよ。最初見たときから、見惚《みほ》れていました」

「おまえ、ぶっ殺されたいのか」

朝海は舌打ちした。しかしそれはかえって飛高を喜ばせたようだ。

「いいですね、あなたのそういう鬼畜っぽいところに征服欲をそそられます」

「ふざけんな、現場で」

朝海はまわりを確認した。誰も近くにはいない。それを知ってか知らずか、飛高はさらに朝海に近づき、耳打ちするように言葉を続けてきた。

「違う場所でなら口説いてもいいのですか？」

「いいかげんにしろ、同性相手に……」

「でも主任、ゲイですよね」

眼鏡のフレームをクイとあげ、探るように問いかけられる。朝海は腕を組んだまま、横柄に問いかけた。

「おまえは遺体だけではなく、生きている人間の真実もわかるのか」

飛高は淡い笑みを浮かべた。

「ええ。外れたことはありません」

「なら、初黒星だ」

朝海は鼻で嗤った。

「俺は同性には興味はない。鑑識は鑑識らしく変死体の表情だけ読んでろ」

小バカにしたように言うと、飛高の目が眼鏡の奥で静かに眇められた。挑戦的な、こちらをひどく侮るような眼差しに、朝海は口元から笑みを消した。

「確かに遺体は嘘をつきません。生きている人間と違って」

こいつ、一度、殴ってやろうか。眦《まなじり》をあげて睨めつけても怯《ひる》むところはない。それどころか冷ややかな視線で睨み返してくる。

己の論理が決して間違っていないという自信に満ちた強い眼差し。その双眸の奥に、なぜかこちらへの憎悪のようなものが含まれているように感じるのは間違っているのか？

「……飛高、そろそろ行くぞ」

一通りの仕事を終えた鑑識課員たちが、現場から帰り支度を始める。

「朝海、戻るぞ」

月山が声をかけてくる。

去り際、首を傾け、飛高を一瞥する。ちらりとこちらを見た彼と視線が絡む。

――あんな男を採用したりして、最近の警察幹部はなにを考えているのか。

鑑識に引き抜かれ、気持ちだけがはやっているだけの若造なのか。それとも本当に検屍の目の優れた鑑識課員なのか。特別というのは一体どういう意味なのか。

疑問を抱えたまま本庁に戻ったあと、朝海は月山から飛高についてくわしい説明を受けることになった。

## 2　天才の秘密

現場から本庁に戻ると、月山《つきやま》が声をかけてきた。

「朝海《あさみ》、報告書をまとめたら、声をかけてくれ」

「了解」

デスクにつき、今日の事件のデータをパソコンに入力していく。

本庁（警視庁）六階の刑事部――。

朝海が勤務する捜査第一課は『花の捜一』と呼ばれ、真紅に金文字でS1S《サーチ・ワン・セレクト》と描かれたバッジをつけた刑事たちの集団である。主に殺人等の凶悪犯と対峙《たいじ》するこの部署は、最強の面々の集合体とも言われている。

担当する事件は、殺人や傷害事件の部署だけでなく、強盗や連続暴行、強姦《ごうかん》、強制わいせつ、放火、失火、誘拐、人質立てこもり、航空機や鉄道の業過事件、ハイテク犯罪、未解決事件。それぞれの係もうけられている。

朝海は、殺人や傷害を扱った部署――第五強行犯捜査殺人犯捜査係のひとつに所属している。役職は主任。要するに警部補である。

ノンキャリとしては異例な出世の速さだが、キャリアの道を歩いている父や兄から見れば、最下層の雑魚《ざこ》刑事らしい。

朝海は、祖父、大叔父、父、兄、姉、叔父二人、従兄《いとこ》……と、親族が殆《ほとん》ど警察キャリアという一家に生まれた。

自身もまた大学在学中に国家公務員試験二種――キャリアの採用の試験に合格したものの、現場での仕事に就きたいという一念から警察官採用の試験を受け直し、ノンキャリの道を選んだ。

『せっかく合格したのに、どうしてそんなバカなことを』

父はそのことを知り、信じられないものでも見るような眼差しを朝海にむけた。それこそ地球外生命体でも見るような目で。

『父さん、試験には合格したので、一族のなかでの面目もたつでしょう。あとは好きにやらせて頂きます』

『まあいい。おまえには、最初から期待していない。死んだものとして、おまえのことはあきらめる』

父の冷たいひと言。親族からこぞって『変わり者の末っ子だから仕方ない』『最初から落伍《らくご》者のような道を選ばなくてもいいものを』と言われたが、ようやくエリート一家の呪縛が解け、ひとりの人間として生きていけるのだという解放感を覚えた。

そもそも父にとって、朝海はすべての面で鬼子だった。

幼い頃、朝海は今からは想像もできないほど、虚弱な体質で脆弱《ぜいじゃく》な子供だった。

当時、都心の警察寮で暮らしていた両親は、小児喘息を抱えていた朝海を、東京郊外の国立《くにたち》に住む祖母のもとにあずけた。

この祖母のことが朝海は大好きだった。

『健康ならそれでいいから。あとは優しい子であれば。おじいちゃんもそうだったのよ。でも警察官としては損ばかりして。キャリアなのに、全然キャリアらしくなくて。あなたの父親は、そんな自分の親の姿がイヤだったみたいだけど』

朝海が産まれる前、祖父は路上に飛び出した子供を助けて事故で亡くなったらしい。祖母はそんな夫が誇りだったらしい。

優しくあれ、警察官になるなら人のために尽くすような人間になれ……と朝海に毎日のように言い聞かせ、家の前にある大きな公園で一緒に遊んでくれた。

祖母と、彼女の愛犬のマリと自分。三人で過ごした楽しい日々。池の前の広場でマリと朝海がキャッチボールをしていると、祖母がソフトクリームやお汁粉を買ってくれた。その日々のおかげで朝海は健康になっていった。

そしてもっとたくましい子になるようにと近くの道場で空手や合気道、それにボクシングなどを習わせてくれた。一番楽しかった頃の思い出だ。

その後、朝海が中学に入る頃、一家は国立に移り住むようになったが、その頃から祖母は認知症になり、夜中に亡き愛犬の名を呼びながら近所を歩き回るようになった。

父はその姿が堪《た》えきれず、『もっと息子の立場を考えてくれ』と彼女を家の奥の蔵に閉じこめてしまった。

怒りを感じた朝海は、殴りかかる勢いで父の胸ぐらに掴みかかった。

『ふざけてんのか、オヤジ！　てめえの母親だろ。体面とどっちが大事なんだよ』

しかし父は、そんな朝海に侮蔑《ぶべつ》するような眼差しをむけただけで、聞く耳はもちあわせていなかった。母にも何とかして欲しいと訴えたが、無視されてしまった。

こいつら、人間か。こんな奴が俺の親だなんて。

激しい憤りを覚え、朝海は両親に黙って祖母を蔵から出して元の部屋に住まわせようとした。

だが、朝海が学校に行っている間に家政婦が目を離してしまい、祖母が家の外に飛び出し、むかいの公園の池で溺れかけてしまうという事件が起きた。

朝海は、父にしたたかに殴られ、そのまま地方の全寮制の学校に入れられそうになった。けれど三歳年上の兄が『そんなところでまた理史《さとし》が問題でも起こしたら、父さん、今度こそ立場がやばくなるよ』と言うクールなひと言で、その話は立ち消えになった。

しかしそれ以降、父はさらに祖母にきつくあたるようになった。

父に逆らうと祖母がひどい目にあう。それに遠くの学校にやられたら、祖母を護ることができない。

そのことに気づき、朝海は父の理不尽さに目を瞑《つぶ》ることにした。文句を言わず従順に振る舞う振りをし、陰で祖母に優しくするようつとめたのだ。

『理史、あなたはいい子ね。優しくて男の子らしくて、ハンサムで、なにもかもお祖父ちゃんにそっくり。あなたは弱い人を護れるような立派な警察官になってね』

時々、昔に戻ったような顔つきになり、祖母がそう言って喜ぶのが嬉《うれ》しかった。

だが朝海が大学受験の年、祖母は急に体調を崩し、病院に運ばれた。

そして皮肉にも東大の受験の日、祖母が危篤《きとく》になったのだ。父からは、受験に行けと言われたが、どうしても祖母のそばを離れることができず、結局、朝海は試験会場にむかわなかった。

最後は朝海に手を握られ、祖母は幸せそうな顔で逝った。

あとで顔が腫《は》れあがるほど殴られたが、孤独で淋しい祖母をひとりで逝かせたくはなかったのだ。

そんな父だが、葬儀は派手に執りおこなった。

あの父でもやはり母親の死は哀しいのか……と期待した。しかしそれは警察官僚たちへのただのデモンストレーションだった。

結局、朝海は滑り止めで受けていた私立大学に通うことになり、その時点で、一族からは、受験に失敗した落伍者という扱いを受けるようになった。

いつか父に反抗してやる。そう思いながらも、一度も反抗しなかったのは、キャリア試験に合格し、それを棒に振ったときの父の顔が見てみたいという、朝海なりの野心があったからだ。バカバカしいことかもしれない。だが、小さなことに反抗しても面白《おもしろ》くないと考えていたのだ。

そして、朝海は巡査から始めることとなった。東大受験をやめて祖母を看取《みと》ると決めた時同様に、己の選んだ道に後悔したことは一度もない。

祖母から教わったように、人に尽くせる警察官になりたい。

だからといって、自分は落伍者でも愚か者でもない。人の幸せはそんな価値観ではかれるものではない。そう信じ、生涯《しょうがい》、この生き方を貫こうと考えていた。


「……係長、飛高《ひだか》という男は何者なんですか」

報告書を書き終えると、朝海は月山に声をかけた。

「こっちにこい」

あたりを見まわしたあと、月山はファイルを手に奥の会議室に入った。

霞ケ関《かすみがせき》の空を夕日が赤く染めている。遠くに林立するオフィスビルの窓ガラスが陽射しを反射して金色に光って見える。

「……朝海、西荻《にしおぎ》の歯科医の事件はご苦労だった。鑑識のミスが原因で、下手《へた》をすれば迷宮入りの可能性もあったのに、よく犯人検挙に結びつけてくれた」

「はい」

「マスコミが無駄に騒いで大変だったな。あれだけの話題になった事件が迷宮入りしたら警察の威信に関わるところだった。犯人が早々に逮捕され、上層部もさすが捜一の朝海だと感心していたよ」

「いえ、本来ならもっと早く解決できる事件でしたので、そのようにおっしゃっていただくと反対に困惑してしまいます」

戸口に立ったままぼそりと答えた朝海を、月山は窓にもたれながら斜めにじっと見つめた。意味深な眼差しに眉をひそめると、彼は無精髭を撫《な》でながらふっと苦笑する。

「やっぱり兄弟だな。以前から外見だけでなく声や話し方も似ていると思っていたが、己に厳しい性格が頼人《よりと》とよく似ているよ」

「兄と？」

朝海は露骨に口元を歪めた。嫌悪をあらわにした朝海を見て、月山はおかしそうに声をあげて笑った。

「いや、そういうところはまったく似ていないな。あいつはなにがあってもポーカーフェイスだから」

月山は、朝海の兄の頼人と中学・高校時代の同級生だった。互いに水泳部に所属し、当時からライバルだったらしい。噂によると、犬猿の仲だったとか。

キャリア組のなかでもトップエリートの道を行く兄の頼人は、現場に赴き、最前線で捜査活動を行う弟を冷ややかな眼差しで見ている。同じく捜査一課で命を張って職務に励んでいる月山とは、気が合わなくて当然だろう。

月山は警視庁にくる前は新宿《しんじゅく》署の組織対策課で、暴力団対策を始め、薬物や銃器の取締りで名を馳《は》せ、実績をあげてきた叩きあげの刑事だ。

「そういえば、もうすぐ家族の結婚式があると言っていたが、ついにあの能面男も年貢の納め時がきたわけか」

「いえ、結婚するのは兄ではなく、姉です」

朝海の返事に、月山はほっとしたように微笑した。

「じゃあ、あいつもまだ独身か」

そういえば月山も独身だ。そんなことにまで競争意識を持たなくてもいいのに。それとも同期には同期なりのなにか思うところがあるのだろうか。尤も、兄は警察官の出世や査定に必要なので、そろそろ周りから結婚の話が出そうだが。

「それで、係長、飛高のことですが」

朝海は静かに尋ねた。

月山はネクタイをゆるめて席に着いた。むかいの席に座れ……と目配せされ、朝海は椅子を引いて腰を下ろした。

「飛高……か」

「あいつは、おまえがちょうど西荻の歯科医殺人事件で杉並《すぎなみ》署に詰めているときに着任してきたんだ。それで説明が遅れたが、特殊な事情の持ち主で……」

月山は朝海にファイルを手渡した。

極秘の書類。そこには飛高のこれまでの経歴が英語で記されていた。

飛高征彦《まさひこ》。二十五歳。

父親はNGOで活躍していた日本人医師、母親はアメリカ人と日本人とのハーフ。

幼い頃、飛高はアフリカで戦争に遭遇し、路線バスに乗りこんで逃げる途中に爆撃を受け、両親と妹を目の前で喪《うしな》っている。

当時、飛高は十歳に満たなかったらしい。帰国後、親族の家に引きとられたが、PTSDに悩まされる。

その後、精神的治療も兼ね、母方の祖父母がいるアメリカに留学することに。数学と物理学に長《た》けていた飛高は、飛び級で大学に進学。

ジョン・ホプキンス大学医学部に入り、法医学を学ぶ。医学部大学院に在学中、メリーランドの州警察の依頼を受け、鑑識の仕事に関わったのは二十一歳のとき。その後ＦＢＩに引き抜かれた。

そこで四年間、数々の難事件解決の手がかりになる実績を積んでいった。その姿が評判になり、警視庁幹部が声をかけて入庁することになったらしい。

「この経歴は……本物ですか。……いきなり信じろと言われても」

ざっとファイルに目を通したあと、朝海は訝しげに尋ねた。

アメリカのテレビドラマで見かけるような経歴とでもたとえればいいのか。本当にこんな男がいるとは。

「本物だ。わざわざ偽ものを見せてどうする」

「確かにそうですが」

「彼は、ある種の天才らしい。戦争の経験や海外での経験……などといった理由ではなく、もともとの資質として天才的なものが備わっているらしい。あちらでも鑑識の天才、死体のプロと言われ、多くの事件究明に役立ってきたそうだ。検屍したあと、さらには自らの手で解剖し、何百件と事件を解明してきたそうだ」

鑑識の天才、死体のプロ――――。

現場で見たときの彼の自信に満ちた尊大さ。確かに絶対的な自負がなければ、ああいう態度はとれない。

「彼が日本にきた理由は何なのですか？　警視庁幹部に声をかけられたくらいで、わざわざアメリカから日本にくるなんて」

「くわしいことは俺も知らないんだ。どういう経緯で入庁したのかも。ただ刑事部長に呼びだされ、飛高は相当な頭脳の持ち主で、凄腕の鑑識だが、変わった経歴の持ち主なので臨機応変に対応してくれと」

「そんな男なら科捜研か監察医、あるいは法医学専門の機関で活躍させればいいものを。勿論《もちろん》、現場に天才が加わるのなら、それほど嬉しいことはありませんが、いいんですか？」

「本人の希望だ。現場に関わりたいと彼が強く願ったそうだ。一番に被害者を見立てられる現場に行き、死体のあらゆる痕跡を己の手でチェックしたい、他人の考えや手が加えられる前のものに触れたい――と」

「面白い男ですね」

朝海はほくそ笑んだ。

「ああ、かなりの変わり者らしい。他の鑑識たちの話によると、死体愛好家というわけではないが、無表情で死体を前にし、何時間も気の済むまで休みもとろうとせず、黙々と検屍に参加している姿は、一種異様な光景に見えるらしい」

月山は肩をすくめ、さも変人だと言わんばかりの口調で言った。しかし朝海は胸が高鳴るのを感じた。

「検屍オタクですか。そういう男は好きですよ。期待できそうだ」

鑑識はそうでなければ、と思う。

そういう偏屈……もとい、変人要素のある鑑識のほうがいい。

まわりから狂気めいていると思われるほどの死体への執着心。それが現場ではどれほどの武器になることか。

鑑識時代、朝海は死体というものへの執着はなかったが、死体から解明されていく事件のすべてを暴きたいという執着心は持ちあわせていた。

それが死体への執着なら最高だ。しかも法医学者としての資格も実績もあるなら。

「ということは、検屍補佐官とは職務上の仮の姿で、その実体は誰よりも優秀な法医学者ということですね」

「そうだ。ただし警視庁のデータベース内の彼の経歴は、ノンキャリの警察官というものになっている」

「理由は？」

「日本で彼の能力が証明されたわけではないからね。頭が固く、異分子を嫌う上層部が排除したがる可能性もある。警視以下で彼の経歴を知る者は、鑑識と法医学者の一部、それから捜査一課の主任クラス以上の者だけだ。君も他言無用で頼むよ」

「はい」

「一応、彼は警察官の試験をうけ、警察学校の訓練、短いものの巡査勤務の経験……と、日本の警察機構の段階を踏んだ上で現場の勤務にあたっている」

「内外に聞こえが悪くないよう、形だけでも整えた……ということですね」

「そういうことになるな」

「そうまでして彼を警視庁に入れるには、よほどの権力者がバックアップしていないと無理ですね。一体誰が」

警視総監クラスか、長官クラスの後押しがあったのは確実だろう。

「それは……我々にも知らされていない。警視庁内では、そうしたコネや人脈への余計な詮索は命取りになるからね」

一体、どの派閥の推薦をうけたのだろう。

現在、ＦＢＩに何人かの鑑識が研修に行っているが、その関係者からの紹介か、或いはまったく別ルートか。

警視庁は幾つかの派閥に分かれている。朝海の父もその派閥の長のひとりだ。兄もそこに属してはいるが、キャリアから外れている朝海は、まったく関係がないものとして互いに関わらないようにしているので、彼らのくわしい動きはわからない。

「飛高がどの程度の実力の持ち主なのかはわからんが、ともかく力のある鑑識が現場に一番に赴いてくれるのは、我々にとってはとてもありがたい話だ」

月山はファイルを閉じて立ちあがった。

「そうだ……どこかで見た顔だと思ったが、飛高の奴、四、五年前に殉職した喜代原刑事に似ていないか？　確か彼はきみの同期だったはずだが」

喜代原――。

時折、刑事たちの間では殉職した仲間の話題が出るので、突然、世間話のなかでその名を耳にしたとしても動揺はしない。飛高と似ていると言う刑事もいるだろう、と思っていたので、こういう話を振られても驚きはしない。

「そういえば、月山係長は喜代原が新宿署に派遣されたときに一緒だったんですね」

朝海は思いだしたように言った。

ああ、と月山がうなずく。

「鑑識の制服姿のせいか飛高を見ていると、あの当時のことを思いだすんだ」

「もう何年も前に亡くなった警察官で、しかも短期間のつきあいだったはずなのに、よく喜代原のことを思いだされましたね。彼とは……親しかったのですか？」

淡々と返す朝海に、月山はぼさぼさした前髪をかきあげながら目を細め、どことなく懐かしそうに続けた。

「存命中はそうでもなかった。ただあの頃、俺は組織対策課に属していたからな、捜査中に彼が行方不明になったあと、暴力団を捜査し、写真を手に、彼の行方を必死に捜していたんだ。なので、彼の顔がしっかり網膜にインプットされたんだよ」

そうだった。その結果、喜代原が暴力団に警察の情報を流していることが判明した。

——誰かが『城崎組《きざきぐみ》』という暴力団と通じ、捜査の情報を流しているという噂はあったが、それが喜代原だったとは……。

彼の正義感の強さ、まっすぐな精神に憧《あこが》れていた。その喜代原が裏切っていたことに、どれほどショックを受けたことか。

夢にも思わなかった事実。失望と不信が胸を覆った。

それでも朝海は彼に惹《ひ》かれていた。

彼を捜しだし、何とか本音を聞きだしたかった。

あれほど正義感が強く、真摯《しんし》な警察官に見えた彼が暴力団と通じていたのはどうしてなのか。きっと深い理由があるに違いない。

そう思っていた。

しかしそれを聞きだすこともできないまま、彼は無残な遺体となって発見された。

残酷な結末。

さらにその遺体を自分が鑑識しなければいけなかったときの辛さ。

今でもあの当時のことを思いだしただけで激しく胸が痛む。動悸《どうき》、息苦しさにも似た感覚に襲われ、激しい目眩《めまい》に囚《とら》われそうになる。

静かに呼吸を正し、朝海は冷静に返した。

「では、彼の遺体を発見されたのは、まさか……」

「俺じゃない。部下のひとりだ。石井《いしい》という、刑事に成り立ての優秀な新米……」

石井……その名は知っている。彼は喜代原の遺体を発見し、捜査本部に連絡したあと、消されてしまった。

だが連絡をしたときの彼の携帯電話についていたGPS機能をもとに捜査が進み、石井と喜代原の遺体が発見されるに至ったのだった。

「あれ以来、俺は十字架を背負っている」

月山の心の痛み。事件によって理不尽に仲間の命を奪われることほど心が冷たくなることはない。

哀しい、悔しいという感情というよりも、虚《むな》しさに包まれる。

全身、冷たいぬかるみにどっぷりと漬《つ》かり、心のなかを寒々しい風が吹き抜けていくような感覚。

「初めて飛高の顔を見たとき、喜代原くんを思いだし……同時に……石井のことを思いだした。それからずっと悪夢を見ている」

やりきれないような月山の様子。自分を見ているようで正視できなかった。

「そうですか？　喜代原は飛高とはまるで雰囲気の違う、さわやかな雰囲気の好青年でしたよ。あたたかみのある性格で。飛高はいかにも理系オタクって感じの、ちょっとクールなタイプの男じゃないですか」

朝海はわざとらしいほどあっけらかんとした口調で言った。これ以上、その話題を続けたくなかったからだ。

「係長が自責の念に駆られる気持ちはわかりますが、飛高を見て喜代原の事件を思いだすなんて、思考がぶっ飛びすぎてますよ」

「そうか？」

月山は無精髭を撫でながら苦笑した。

「ええ、あんな男と似ているなんて言われたら、喜代原が怒りますよ。あの世から恨んで戻ってこられたらどうするんですか」

我ながら驚くほど饒舌《じょうぜつ》に否定していた。いっそ恨んで出てきてくれれば、俺も恨み言を言えるのにと思う気持ちがあるせいか。

「わかってるよ。いつまでも過去に囚われていないで前に進まないとな。俺はそのために捜一にきたんだから」

戸口にむかう途中、月山はぼそりと独りごとのように呟いた。朝海は目を細め、上司の横顔をじっと見つめた。

——そのために捜一にきた……か。

奇遇だ。同じ事件で大事な人間を喪い、同じように警視庁の捜査一課にきた者。そのふたりが上司と部下となって働いている。たんなる偶然なのか、それとも、ここはそういう者たちが集まってしまう部署なのか。

その数日後、朝海は再び飛高と現場で対峙することになった。

明け方、停泊中のヨットで数人の男が殺害されるという事件だった。朝一番に現場に行くと、死体発見現場で鑑識にあたっていた飛高が、上司の管理官と話をしているところに出くわした。

「切り傷か打撲か、すぐに法医学者を呼んで調べたほうがいいと思いますが、それぞれの遺体の殺害時間に差異があると思うので、ここにある血痕のすべてを綿密に集め、病理学的に調べてください」

朝海は彼らのいる部屋の手前に立ち、白手袋を嵌めながらその会話にじっと耳をかたむけた。飛高は上司に淡々と説明していた。

「この遺体のこの部分と、ここのところを先に解剖に。それからDNA検査で……」

普通なら、科学捜査も含めて何日もかかることを、彼は瞬時に見極めることができるらしい。

この前の渋谷《しぶや》の事件……。

その後の調べで、渋谷のラブホテルで発見された例の男女は、あのとき、飛高が口にしたとおりの経歴の持ち主だった。

ふたりは世田谷《せたがや》区の一角にあるK大学の法科大学院で学ぶ司法試験受験生だった。

双方とも最初のうちは真面目な学生だったが、最近は受験のストレスを発散させるかのように大学の帰りに繁華街へむかうことが増えた……という話だった。

彼らの右手の中指の隆起は、何十、いや、何百という論文を書いてきた人間のものだった。

『ふたりは多くの書類を作成するデスクワーカーか、受験生』

飛高は現場でそんなふうに口にしていた。刺された原因や現場の状況だけでなく、そんなことまで瞬時に確かめていたとは。確かにあとで調べればすぐにわかることだが、現場でそれを一瞬で見抜く者はまずいない。そもそも被害者のそうした細かな部分まで意識して鑑識行為を行う奴がどれだけいるというのか。

――今の飛高もそうだ。あきらかに普通の鑑識なら見逃すようなことまで細かくチェックしている。

内心で感心しながら、朝海は現場に入っていった。

「飛高、つまりおまえの目にはもう犯人像は見えているということだな」

朝海の言葉に現場がシンと鎮《しず》まる。

立ちあがり、飛高は振り返り、「さあ」と肩をすくめた。

「それは、あなたがた捜査一課の皆さんのお仕事です。私はただ科学的な結果を伝えることだけを職務としていますので」

「この間の渋谷の一件のように、さっさと犯人像を特定してくれ。そのほうが俺たちも助かる」

勿論、彼の言葉を鵜呑《うの》みにし、そのまま捜査をすることはない。だが、それを参考に科学捜査をすれば、手探りで捜査するよりも早く犯人を逮捕することが可能だろう。

「それは僭越《せんえつ》すぎますので」

先日の事件のあと、飛高は渋谷から本庁に戻ったあと、上層部から『やり過ぎだ。鑑識の仕事を逸脱するな』と注意を受けたらしい。

「気にするな、思ったことを言え。おまえには検屍官としての能力もあると聞いている。せっかくだ、実力を示してみせろ」

腕を組んで命令すると、飛高の色素の薄い双眸が眼鏡の奥ですーっと細められる。

「実力もなにも。かつて鑑識で敏腕をならしていた朝海主任に、今、ここで、私がなにをどう示せばいいんですか」

わざとらしい嫌味な言い方だ。朝海は気にせずからっとした口調で返した。

「とんでもない、俺はただのダメ刑事だ。だからおまえの見立てが早く知りたい。とにかくおまえがイメージする犯人像を口にしろ。それを参考にするかしないかは俺の判断と責任において決める」

飛高はフンと鼻先で嗤う。

「本気で意見が聞きたいんですか?」

「ああ」

「また余計なことを口にしたとして、注意を受けるのは……私なんですが」

「上層部からの注意や始末書を気にするタマじゃないくせに。俺の目には、おまえはもっと図太くて無神経な人間に見えるぜ」

「……」

無言のまま、飛高は眼鏡の奥の目をさらに眇めた。艶のある、冷ややかで挑戦的な眼差し。背筋がぞくりとする。朝海はその肩に手をかけ、耳元で囁《ささや》いた。

「その尊大な態度。自信に満ちた眼差し。おまえは保守的で頭の固い上司たちを心の底で軽蔑《けいべつ》している。違うか?」

飛高はかすかに口の端をあげた。今の言葉を肯定するかのように。彼の表情を確かめながら朝海は言葉を続けた。

「もっと頭を柔軟にすれば、多くの犯人を逮捕できるのに……と、旧態依然とした組織を心のなかでバカにしている。だが態度にも言葉にも出さない。出したところでどうにもならないことがわかっているから。……おまえはそんな奴だろう？」

飛高はなにも答えなかった。しかし機械のような無表情のなかに、わずかににじませた嘲笑《ちょうしょう》にも似た笑みで、己の推測が正しいことがわかった。

「俺もおまえと一緒だ。組織のルールよりも、己の信ずるところを信じる刑事だ」

朝海の言葉に、飛高はくいと眼鏡をあげて冷ややかに苦笑した。

「私もそうありたいのですが、なにせまだ警視庁にきたばかりの新米で、こちらのルールがよくわかりません。間違ったことはしたくありませんし、余計なことは口にするなと言われていますので」

飛高はさらりと返すと、再び現場の鑑識作業に戻った。

そうとう強く注意されたらしい。組織とは厄介なものだ……と内心で舌打ちすると、朝海は外の様子を確かめようと彼らに踵《かかと》をむけた。

するとさっと後ろから飛高が掴んでくる。眉をひそめて振り返ると、飛高は無言で小さなメモを朝海に差しだした。

見れば、容疑者と思われる人物のデータがそこに箇条書きに記されていた。

「……これに当てはまる人間を捜せばいいんだな？」

小声で問いかけると、飛高は無表情で肩をすくめる。

「さあ」

くるりと背をむけ、再び飛高は鑑識作業に戻った。

余計なことは言わない、これは正式なデータではないが、必要なら朝海の独自の判断で参考にしろ——という意味だろう。

朝海は目を細め、じっくりとメモを見つめた。

現場に残っていた血痕からすでに簡易検査で犯人の血液型を割り出し、そこから血中に含まれているアルコール濃度まで割り出している。

犯人の血液型がわかった上で、アルコールの濃度が容疑者の体内から消えないうちに警察官を動員して職質をしていけば犯人の身柄を特定しやすい。

——プロ中のプロか。さすがだな。

朝海はメモをくしゃりとまるめてポケットに放りこむと、現場の外に出て、すぐに検問するようにと指示した。

事件が起きてまだ時間が経《た》っていない。犯人は近くにいるはずだ。

しかもまだ近くに電車もバスも走っていない時間帯。逃げるとしたら、車かタクシーか。

それなら検問がしやすい。

すぐに署轄と連携して検問したところ、一時間もしないうちに、それらしき車を引っかけることができた。検問を見るなり、急にスピードをあげて迂回《うかい》する車があったので、追跡して職務質問したところ、飲酒運転中ということがわかり、さらにくわしく調べると、後部座席には血痕のついた衣服が脱ぎ捨てられていた。

観念した男はその場で犯行を自供し、凶器も見つかったとのことだった。事件がスピード解決したのは飛高からの情報のおかげだった。

だが彼の記したメモはいわゆる『余計なこと』に当たるため、そのことには触れずに、朝海は事件の報告書を記して提出することにした。

その日の昼休み、本庁に戻って昼食を取りに食堂に行くと、ちょうど飛高の姿があった。青い鑑識の制服姿でテーブルに肘をつき、日替わり定食を食べながら熱心な眼差しで書類を読んでいる。

——天才だと判断するのはまだ早い気がするが……それでも彼は俺がずっと求めていた鑑識のプロ中のプロであることには違いない。

定食の載ったトレーを手に朝海は、彼の姿がよく見える場所に腰を下ろした。

綺麗《きれい》に整った目鼻立ち。

未来都市を支配する機械のように無機質な雰囲気と同時に、未開の地にいる、人間にまったく慣れていない獣のような風情を混在させている。

彼から揺らぎでる空気は、そんな獣めいた獰猛《どうもう》さと、研ぎ澄まされた機械的な冷ややかさの双方を孕《はら》み、どこか人を寄せつけない透徹した鋭利さを感じる。

そのせいか誰も自ら話しかけようとはしない。

海千山千の強者《つわもの》の警察官たちでさえ、彼にはなにか触れてはいけない冷気のようなものを感じるのだろう。

遠巻きに彼に視線を送りながらも、その傍らで食事をする者はいない。

彼と同様に鬼のようだと恐れられ、嫌われている朝海のまわりにも、迂闊《うかつ》に近づく職員はいない。

そのため混雑した食堂のなか、飛高の座っている場所と朝海のいる場所だけ、ぽつりと人気がないような空間になっていた。

——こうして眺めていると、やはり喜代原を思いだす。

同じ鑑識の制服を着ているので、余計にそう思うのかもしれない。

尤も同じように怜悧な風貌でも、さわやかで優しげな空気を纏《まと》っていた喜代原には、女子職員たちも安心して声をかけていた。

合コンの誘い、彼女の有無、クリスマスの予定等々。

『無理だな、その日程は。俺たちにはクリスマスも正月もないんだ。でもよかったらまた誘って。うまく時間があれば、朝海を誘って一緒に行くから。えっ、朝海が怖い？　大丈夫、あいつ、優しくて親切な男なんだぞ。イケメンだし、真面目だし。俺が女だったら、結婚相手にはあいつを選ぶね』

食堂で誘われていたときの、彼の笑顔……。

あの野郎、俺の名前を出して、なに、言ってるんだ、と冷ややかな視線をむけながらも、俺が女だったらあいつを選ぶな……などと妙なことを考えていた。と同時に、彼に声をかける女性に嫉妬を覚えていた。

他人との隔てのない関係。誰とでも気さくに話せる性格。他人を思いやり、無償の優しさをむけることができる性質。自分にはないものを多く持った喜代原に、朝海は強く惹かれていた。

それなのに彼は暴力団と通じ、覚醒剤《かくせいざい》にも手を出していた。彼が行方不明になったあと、捜索中に署轄の刑事がその事実を暴いたのだ。

それを暴いたのは、喜代原を捜しに行って殺害された石井という刑事――かつての月山の部下だった。

新宿の工事中の建物の地下から発見された喜代原と石井刑事の遺体……。

多くの警察官が現場を調べているなか、己の手で親友の遺体を調べなければならなかったやりきれなさ。

あのときのことを朝海は忘れることはできない。

月山と同じように、自分もまだ喪われた存在、過去に囚われているというのか。

――もう喜代原のことは忘れたつもりでいたのに。

自嘲《じちょう》気味に嗤い、かぶりを振ると、朝海は静かに瞼《まぶた》を閉じた。

亡くなる一カ月前、彼は妙なことを朝海に尋ねてきた。

『――朝海、万が一、事件のときにぼくが変死したら、朝海が鑑識として立ち会うことになるのか?』

『ああ、そうなるんじゃないか』

『そうか。やっぱりそうなるのか』

今、思えば、喜代原は心のどこかで、その日が近いことを予感していたのか。

『イヤなら、変死しないように気をつけろ。俺だって、仏さんになったおまえなんて見たくもないんだから』

『違う、その反対だ。ぼくはもしも事件で変死したときは、朝海に見てもらいたいと思ってるんだ』

妙に真顔で言う喜代原が朝海には不思議だった。

自分を見つめる真剣な眼差し。なにか訴えるような、いや、なにか懺悔《ざんげ》するような切なげな表情に、朝海はイヤな予感を覚え、同じように真摯に問いかけた。

『本気か？』

じっと目を覗《のぞ》きこむと、彼はふっと口元を崩した。

『ああ。でも綺麗な死に方じゃないと会わせる顔がないが』

少し冗談めかした言葉に、彼の真意がわからなかった。本気で言っているのか、遊び半分で面白がって言っているのか。

『やるとなれば、俺は徹底的にやるよ。女とセックスするときのように』

テーブルに肘をつき、確かめるように斜めに喜代原を見つめると、彼は朝海の顎に手を伸ばしてきた。

『いいな、ぞくぞくする。事件を前にしたときのきみの目の鋭さは、氷海を住処《すみか》にするシャチか、南海をゆったりと遊泳するサメのようで実に格好いいよ。君の兄の朝海さん、いや、朝海頼人管理官もそうだけど、ふたりとも孤高でセクシーで。青い海のなか、虎視眈々《たんたん》と獲物を狙う肉食系のストイックな感じがとても格好いい』

『変な譬《たと》え……そういえば、おまえ、海の近くで育ったんだっけ』

『ああ、湘南《しょうなん》だけどね。警視庁にくる前は、湾岸《わんがん》の派出所にいたし、海のそばだと落ち着くんだ』

『ああ、あの海沿いの、古くからある水族館の近くの派出所か。確かその頃、兄が方面部長をしていて……』

『よく知ってるな、あんなマイナーな水族館……』

『兄が好きだったんだ。昔、幼稚園くらいのとき、一回、連れて行ってもらったことがあるんだ。俺はそうでもないけど、兄さん、水族館が好きで、父さんに内緒でよく一緒に行ったっけな』

ふと幼いときのことを思いだした。父にとっては理想の子に見えた兄だが、実は海が好きで、海上保安庁に入りたいと考えていた時期があった。尤も、十歳を過ぎたあたりからはそんなことはひと言も言わなくなったが。

『ぼくも好きなんだ、水族館。動物も好きだけど、海の生物がとくに好きで。だから、あの頃はよく行ってたんだ、派出所から近かったから。深い海に潜むハンターたち。そんな目をした奴に自分の死体を検分されるって、何かちょっとぞくぞくしないか？』

『死んだあとのことなんて知るか。……それよりどうせならその場でしゃぶってあの世から呼び戻してやろうか』

イヤがるだろうと思って冗談で言ったのだが、喜代原は妙に嬉しそうに返してきた。

『それ、悪くない話だ』

『本気か？　俺は男だぜ』

『男でも朝海ならいい。あの世から還《かえ》ってこられるかもしれない。それともそのまま天国に逝くかもしれないね』

どこか変だ……と思った。朝海が悪趣味なことを口にするのはいつものことだったが、真面目でまっすぐな性質の彼がこんな話題に乗ってくるのはこれが初めてだったのだ。

そう、彼はあまり冗談を口にするような男ではなかった。

それなのに……。

おそらくこのときの喜代原は、近い将来、自分が殺されるかもしれないことを予見していたのかもしれない。けれど朝海にはそれがわからなかった。酒を飲み、ハイになっているのだろうと、それくらいの想像しかつかなかったのだ。

『わかった、約束する。変死体になったときは、おまえの躰を綺麗に検分して、ちゃんとそのまま天国に送りこんでやるよ』

笑いながら言った朝海を、喜代原はじっと凝視したあと、ふわりと微笑した。

『ああ、約束だ。俺が死んだときは、きみが天国に送りだしてくれ』

どこか蠱惑《こわく》的な、いつになく艶やかな表情で言う親友に、なぜか躰の奥の奇妙な部分が疼《うず》くのを感じた。

欲情にも似た感覚。男、しかも親友相手にどうしてこんな感覚になるのか。脳まで痺《しび》れそうな情動をこらえるのが必死だった。

だが、それが欲情だったのか、或いは恋だったのか……確かめるすべもなく、半月後、朝海は喜代原のそのときの言葉の重みだけを実感することとなった。

――あんな話をしなければよかった……。

彼の遺体を前にして、どれほど後悔したことか。

それが言霊《ことだま》となって現実に彼の遺体を見ることになった気がして激しく後悔した。尤も、彼の検屍に立ち会ったものの、約束を果たすどころか、親友としてまともに別れを告げることさえできなかった。

変死体として司法解剖に出さなければならないため、別れの挨拶ひとつできなかったのだ。抱き締めることもかなわず、罵《ののし》ることもできず、涙を見せることも……そして勿論綺麗にしてやることも。

家族のもとに送られ、葬儀の出棺《しゅっかん》のときに、その頬《ほお》に触れるだけで精一杯だった。

その後、四十九日の日、骨の一部を海に散骨して欲しいという彼の遺言を果たしてくれと、両親から小さな骨壺をあずかったが、まだ朝海のところにある。散骨する気になれなかったのだ………。

四年前のことを思いだしていると、ふいに鼻腔に香ばしいコーヒーの匂いが触れた。瞼を開いた朝海の目の前に、ポンとコーヒーカップが置かれた。

見あげると、隣に飛高が佇《たたず》んでいた。

「今朝のお礼です」

淡く微笑し、自分のコーヒーカップを手にした飛高が隣に腰を下ろす。

「お礼？」

「あなたが俺の言葉を信じてくれたので」

「信じるもなにも、己の本能に従っただけだ。礼を言う必要はない。これはありがたくもらっておくが」

朝海はコーヒーカップを手にした。飛高はそんな朝海をじっと凝視し、さぐるように問いかけてきた。

「あなたが俺をじっと見ているのは、ただ単に……俺の能力に興味があるからですか？そういう意味ではなく」

「当然だ。……いや、あともうひとつ」

「ひとつ？」

「おまえ、警視庁に親せきは？」

「いえ」

変わった質問をするなと言わんばかりに、飛高が眉をひそめる。

「親せきがいたら……なにかあるんですか」

「別に。経歴を聞いて気になっただけだ。誰か血縁が警察にいるのかどうか」

というのは嘘だ。喜代原の縁者かどうか気になっただけだが、彼の親類なら葬儀の席でとっくに会っているだろう。

そもそも親類縁者だった場合、誰からともなく、そのことが伝わってくるはずだ。

「血縁なんていません。私には警視庁はおろか、この国に親類縁者が殆どいませんので」

「そうか、それならいい」

間近で見ると、あまり似ていない。なにより飛高は彼よりもひとまわり体格がいい。

それに、いかにも理系といったクールさが全身からにじみ出て、触れるとこちらの体温まで冷たくなりそうな気がする。喜代原とは真逆なタイプ。

「……そうだ、飛高、それとは別に、渋谷の事件や今朝の件だが、どうしておまえはあの程度の死体から犯人像が割り出せるんだ？」

「死体がそう語っていました」

「おまえ、死体と話ができるのか？」

飛高は眉間に怪訝《けげん》そうな皺を刻む。

「まさか。霊媒師でもないのに。主任、ちょっとおかしいですよ」

「それはこっちの台詞《せりふ》だ。今、死体がそう語ると言ったじゃないか」

朝海が言うと、飛高はおかしそうに笑った。

「本当に死体と会話ができるのなら、ＦＢＩが私を手放しませんよ。語るというのはそういう意味ではありません。私にはそう感じられる。死体が語っているように思える。ただそれだけです」

「それだけで、死体のことがわかるのか」

眼鏡の奥の琥珀色の双眸を細め、飛高は艶然《えんぜん》と微笑した。

「ええ、天才ですから」

朝海は舌打ちした。

「自分で言うな」

「主任は、私が天才だから気になるんですか」

眼鏡の奥から斜めに見つめてくる。

挑発的な眼差し。不遜さをにじませた口元。間近で見ると、ぞくりとする。ふと朝海はからかってみたい衝動に駆られた。

「違う、天才だからじゃない。……そういう意味で気がある。と言ったら、どうする？」

テーブルに肘をつき、傲岸《ごうがん》な態度で、しかし酒場でナンパでもするときのように艶っぽく視線を絡める。

同じようにテーブルに肘をつき、飛高は舐《な》めるように朝海に視線を送った。眼鏡の奥の琥珀色の双眸が窓の光を吸いこみ、蠱惑的に煌めいている。

「ベッドに誘います」

「……俺と寝たいのか？」

「はい」

飛高はあっさりと微笑した。

「俺をからかってなにが楽しい」

「私は本気です」

「バカ言うな。何で俺なんか。ゲイでも相手を選べ」

「私はゲイではありません。主任にしか興味がないだけです」

真顔で言われ、あたりを一瞥して人気がないのを確認したあと、朝海は声をひそめて説得するように言った。

「そういうのをゲイだと言うんだ。しかも相手が俺なんて趣味が悪すぎる」

「私は主任がいいんです。好みなんです。その気になったら、いつでも呼んでください」

本気なのか冗談なのか。からかうにも執拗《しつよう》すぎる。

「安心しろ。おまえを呼ぶときは、遺体の相手をしてもらうときだけだ」

朝海は皮肉混じりの笑みを浮かべて答えた。

「さすがに職場では本性を隠しているというわけですか」

「なに？」

「あなたの本性」

形のいい目を細め、飛高が笑顔をむける。

自信ありげに、しかも挑戦的に言われ、朝海はふっと鼻先で嗤った。

その微笑もひどく美しい。彼の眼差しや口元、それに仕草にどこか扇情的な匂いを感じる。一見、機械のように無機質なのに、喜代原からは感じることのなかった獰猛なオスの匂いが漂う。

この男には一歩間違うとこちらが犯されるのではないかというような、自分と同じ種類の獣と対峙している感覚を覚える。同等の力のあるオスとオスとがむかいあっているような危うさを。

「……俺の本性だと」

「ええ、澄ました顔、明晰《めいせき》な頭脳、容赦ない執念深い捜査、警視庁捜査一課の敏腕鬼畜刑事……。だが裏では行きずりの男を犯してしまう刑事……」

「ふざけるのもほどほどにしておけ。いつ俺がそんなことをした」

「記憶にないのですか？」

「ぶっ殺されたくなければ冗談はやめろ。捜査一課の刑事が男であろうと女であろうと迂闊に犯すわけがないだろう」

指先で男の額をトンと弾《はじ》く。不快そうに目を眇めたが、飛高はすぐに楽しげに笑った。

「ぶっ殺すという口癖、変わっていませんね」

「誰かから俺の悪い噂でも聞いたのか？」

静かに尋ねると、彼は冥い眼差しでじっと朝海を凝視した。そしてさぐるように低い声で問いかけてきた。

「覚えていないんですか、私のこと」

覚えて？　こんな男に会ったことがあるか？　朝海はまじまじと彼を凝視した。

まさに綺麗過ぎる男。無機質な印象の眼鏡のせいもあるが、血の通った人間というよりは、冷ややかな人形めいた美貌の持ち主。しかも喜代原と似た顔立ち。こんな印象的な男に会っていれば忘れるわけがない。

「さあ」

朝海はわずかに小首をかしげた。すると飛高は肩をすくめて苦笑する。

「私をじっと見ているから、もしやと思いましたが……。昔、私を押し倒してきた男と似ていたので勘違いしたようです」

「おまえを押し倒した？」

「ええ、主任にそっくりの男に。だから…」

「だから、俺をその相手と間違えたのか」

「おそらく」

「なら、その男をさがし当てて告訴でも何でもしろ」

と言いながらも、果たして本当に警視庁に自分と顔立ちの似た男がいるのか。やはりからかわれているのだろうか。

「いえ、さがし当てたとしても告訴する気はありません」

「だが、押し倒されたんだろ？」

「ええ、確かに。でも……悪い気はしなかった。ただ私は押し倒されるのではなく、その男を犯して、自分のほうが組み敷き、支配してみたかっただけで」

冷ややかに、ひずんだ声で飛高が言う。無機質な印象の男の、奇妙なほどの濃艶《のうえん》な眼差しに、背筋のあたりがぞくりとした。躰の芯がずくりと疼くような、奇妙な感覚。それを振り払うように、朝海は吐き捨てるように苦笑混じりに言う。

「変わった男だな。そんな奴を支配したいとは」

「自分でもそう思います。多分、好みだったんでしょう。だから私は主任でもいいんです。彼と似ているので」

「趣味が悪すぎる。もっとレベルをあげろ」

「無理です。嗜好《しこう》というのは変えられません」

本気なのか冗談なのか、あいも変わらず機械のように淡々と言うと、飛高はちらりと時計を一瞥し、立ちあがった。

「気が変わったときの候補に私を加えておいてください。では、これで」

朝海に背をむけ、飛高が去っていく。

その背を見つめ、朝海は苦い笑みを口元に浮かべた。つかみ所のない男だ。天才的な能力がある分、どこか欠落しているというのもわかるが。

『私を押し倒してきた男と似ていたので……』

冗談にしてはタチが悪すぎる。あの美貌だ。確かに、同性に押し倒されることもあったかもしれない。

『私はその男を組み敷き、支配してみたかった』

その言葉に、柄にもなく、ぞくりとするものを感じた。

それにあの眼鏡の奥の、獲物を狙うときのサーバルキャットのような眼差し。機械に触れているような冷ややかさと、躰の奥のほうを疼かせる強烈な艶《あで》やかさ。

深淵《しんえん》を覗いてみたい衝動を感じた。

それは鑑識としての興味なのか、ひとりの男としての興味なのかわからないが。

## 3　危険な一夜

しばらくして、以前に渋谷《しぶや》の事件で捕まったイラン系の密売人が取調中に急に病死するという事件が起きた。

噂では、留置所内にいる中華系マフィアに殺されたとか。だが、一体なにがあったのか、警察内部ではそのことについて深く追及しないように命令が流れてきた。

『これは病死として終わらせろという上からの命令だ』

病死として……。

留置所内で事件があったことを世間に隠したいのか、それとも誰か警察内部の人間が関わっているのか。

余計なことを勘ぐる気はなかったが、朝海《あさみ》は、その背景にいる組織が気にかかり、週末、最初の事件が起きた渋谷のラブホテル近くにある雑居ビルへとむかった。

ギィィと重い扉を開け、そのなかのひとつ――中華系の居酒屋に足を踏み入れる。

「ひとりですか？　じゃあ、こちらへどうぞ」

綺麗な刺繍《ししゅう》が施された深紅のチャイナドレスを着た美貌の女性が、朝海をカウンター近くにある小さなテーブルに案内する。

店内の中央には深紅の牡丹《ぼたん》の巨大なオブジェ。モノトーンで統一されたシックなテーブル。中華レストランをもう少しモダンにしたような感じの雰囲気だった。

「なにか飲みますか？」

「じゃあビールを」

時計を見れば、午後八時。少し早く来すぎたのか、まだ客はまばらだった。

ここはアジア一帯の料理と酒が楽しめるということで、最近、若者や会社員の間で人気のある居酒屋だった。

だが、その実態は先日留置所内で死亡したイラン系密売人と絡みがある黒龍幇《ヘイロンバン》という組織が経営している店のひとつ。

彼らは新宿歌舞伎町《しんじゅくかぶきちょう》を活動拠点にしているが、密売現場の摘発が増えたため、新たに渋谷に店をオープンした。

黒龍幇は、この間、ラブホテルに落ちていたカードの風俗店と同じ経営者だ。

あのあと、朝海は、ラブホテルで発見された被害者と麻薬とが結びつかず、自身の仕事ではないが、深くさぐってみたいと思っていたのだ。

警視庁にある資料をもとに調べたところ、この組織は日本の暴力団と共存するため、広域指定暴力団の『城崎組《きざきぐみ》』と手を結び、日本への麻薬や武器の密売を行って多額の富を得ていた。

城崎組――その組こそ、かつて喜代原《きよはら》を死に追いやった暴力団だった。つまりこの店と関わりのある組織こそが。

――俺が刑事だとばれたら危険だが……組織対策課の捜査に関わっているわけではないので、まだ面《メン》は割れていないはずだ。

刑事とわからないよう前髪を整え、さっぱりとしたスーツに身を包み、会社帰りのサラリーマンに見えるようにしていた。

それにここでなにか知ったところで、自分がどうのこうのとすることはない。

ただ城崎組と関わりのある組織が絡んでいたので、もう少しくわしく調べてみたくなっただけで。

あのとき飛高《ひだか》の能力には本当に驚いた。他の捜査員からも彼の話はよく耳にする。

『あんな鑑識は初めてだ。生意気だが、あれくらい確実な仕事をしてくれるのなら、態度なんてどうでもよく思えてくる』

捜査一課の捜査員が声をあげてそう言うということは、彼の実力はただならぬものがあるのだろう。

――あのとき……四年前、チームにあいつのような奴がいたら。いや、俺にそこまでの鑑識力があれば。

四年前のある日、縊死《いし》状態の若い女性の遺体が発見され、鑑識にいた朝海は現場の状況からそれを自殺と判断した。

メモが机のなかから見つかり、『疲れた。私には生きている価値がない』というそこに記された言葉が、判断の背中を押した。

監察医や上司たちも自殺と信じて疑わなかった。

けれどそうではなかった。

それは暴力団『城崎組』が運営する闇金から借金を重ねていた男が彼女から金を借り、返済を迫られて凶行にいたった殺人だった。

そのとき、警察犬係だった喜代原は署轄に赴き、城崎組から麻薬を買っていた容疑者逮捕に協力していた。最初の現場で殺人の線を疑って遺体を解剖にまわしていれば、或いは、もう少し捜査が早く進んだかもしれない。

——その後悔がずっと俺を嘖《さいな》んでいる。あのとき……ああであったら、結果は違っていたのではないか……と。

しばらくして喜代原は行方不明になり、彼の犬だけが負傷した状態で発見された。

その後、新宿歌舞伎町の工事中の建物の地下で遺体となって発見された。

それを現場で確認していかなければならなかったときの胸の張り裂けそうな痛み。これは現実ではない、これは悪い夢だと己に言い聞かせながら、彼の遺体に触れた。

今、ここで死因を特定したところで、彼の命は返ってこない。喜代原の人生はもう取り戻せない。

仕事をしながらはっきりとそう認識した途端、朝海は己が生きていることすら許せなく感じられた。

初動捜査の段階で縊死死体が他殺だと最初に見抜き、早くに麻薬の売人まで行き着いていたら、喜代原は助かったかもしれないという無念の思いが、その後の、朝海の心から消えることはなかった。

激しい罪の意識に悩み、朝海は一時的に不眠症に苦しみ、カウンセリングに通っていた。このままだと警察の仕事ができなくなるのではないかという状態にまで陥り、一度だけ、致死量に近い薬をアルコールと同時に飲んでしまって病院で意識を取り戻したことがある。

確か……病床でまだ意識を朦朧《もうろう》とさせている朝海に、医師が言った。

『そんなに自分が許せないのなら、警察を辞めたらどうですか。そうすれば少しは救われますよ。自殺して救われると思ったら大間違いです』

警察を辞めれば救われる？　自殺して俺が救われる？

医師からそう問いかけられ、ハッとした。

俺は救いなど求めていない。警察を辞めて楽になるというのなら、絶対に辞めない。生涯、自責の念を抱えて警察にいることが自分の贖罪《しょくざい》だと気づいたのだ。

そのあと、突然、推薦されたのだ、『刑事にならないか』……と。

運命だと思った。

喜代原のことを悼《いた》んでいるだけではなく、凶悪犯罪を摘発していくことに生涯を捧げることがこれから先の自分の使命だと。

人間という生き物の醜さを目《ま》の当たりにする日々。自由という言葉を隠れみのに、無軌道に、放縦に生きている人間。行き着く果てに起きる凶悪犯罪。

犯人と刑事は弱肉強食の関係だ。喰うか喰われるか。捕まえるか、逃がして新たな被害者を作ってしまうか。

この四年、ただ目の前の事件を解決することだけに専念してきた。己の欲や、己の自身の人生は捨てて。それであのときの無念が晴らされるわけではないのはわかっているが、自分にできることはそれしかないと信じて。

今でも喜代原のことを思うと、激しく胸が痛む。それでも仕事の多忙さと達成感によって、少しずつそのときの胸の痛みは消えつつあった。

そんなことを考えていると、テーブルに先ほどの女性が近づいてきた。

「どうぞ、ご注文のビールです」

「ああ、ありがとう」

運ばれてきたビールを呷《あお》ったそのとき、どこからともなく殺気に似た気配を感じた。

「……っ」

視線をむけると、カウンターの奥にいる長身の男性がじっとこちらを見ていた。

肩まで伸びた長めの黒髪、浮かびあがる彫りの深い風貌。年は三十代後半くらい。

店のオーナーなのか、黒いシャツに黒いスーツに白っぽい光沢のあるネクタイ。

立っているだけであたりの空気を張りつめさせる存在感に、ただ者ではないということを悟った。

――中華系組織の人間か……。

息を殺して相手の様子を確かめながらも、自分の正体がばれないよう、鞄《かばん》から不動産営業用の書類を出して一瞥したあと、ビールを呷り、携帯電話を取りだした。

「お代わりは？」

食事が運ばれ、「えっと、じゃあ、ビールを」とぼんやりした様子でウエイトレスの問いかけに答えながらさりげなくその視界に携帯電話を置き、ゲームで遊んでいたように見せかける。

会社帰りの疲れた営業が一杯飲んでいるふうにしか見えないはずだ。

だが一向に彼はこちらへの視線を外そうとしない。自身にむけて放たれている殺伐とした空気に、躰の奥にある危険装置が警鐘《けいしょう》を鳴らす。

どの程度にやばいのか確かめるべく、貴重品だけもって朝海はトイレへとむかった。

もしこちらになにか疑念を抱いていたとしたら、従業員の誰かしらが様子を窺《うかが》いについてくるだろう。

何らかのリアクションがあるはず。

トイレは店舗の外にあり、雑居ビルの他の店と共有する形になっている。

といってもこのフロアには、今の居酒屋以外の店舗はないので、そこを使用するのは店の客だけだ。

従業員は厨房《ちゅうぼう》の奥の別のトイレを使っているということまでは調べている。

まだ客も少ないため、奥の通路にまでくる奴は殆どいない。騒がしい店の音楽が流れてくる以外、静かな通路に朝海の靴音だけが響く。

階段の脇《わき》をぬけたそのとき、かすかな気配を感じて朝海は足を止めた。

誰かが息を殺し、じっと背後からこちらの様子を確かめているのがわかる。背中に意識を集中し、ふりかえろうとしたその瞬間――。

「……っ！」

ドンっと何者かに背中を蹴飛ばされた。

ふいに躰が宙に浮き、驚くひまもなく背中を突き飛ばされる。

「く……っ」

足がよろめき、勢いよく朝海の躰は階段に投げだされた。すべり落ちそうになったが、朝海はとっさに手すりに手を伸ばした。

普段なら最初の気配の段階で警戒する。

だが、わざと警戒をゆるめ、相手の出方を見ていたので、不本意だが多少の暴力を受ける覚悟をしていたのだ。

「誰だ……」

見あげると、大柄な男のシルエットが視界を覆う。刃物？　緑の非常灯の光を反射して男の手もとが鈍く光っていた。

——俺を殺す気なのか？

この程度の男なら相手をすることも暴行で逮捕することも可能だが……それでは俺の正体がバレる。

そのまま階段を使って逃げるべきか。それとも。

とまどいながら階段の下を覗いた朝海は、一瞬、視界がくらりと揺れるのを感じた。

薄暗い雑居ビルの非常階段。タバコとゴミの入り交じったような、古い建物特有のにおいが立ちこめる暗い闇が地下へと深く続いていく。

その光景は、喜代原が殺された現場を思い起こさせる。

『喜代原っ！　……喜代原！』

青ざめた遺体。その無残な光景を思いだした途端、朝海は金縛りにあったように硬直した。

「……っ」

どうしたのか、足が動かない。躰が金縛りにあったように動かない。ただ激しく肩で呼吸することしか。

朝海は息を詰めた。

ぬぅっと、角刈りの大男が階段を下りかけてくる。ダメだ、このままだと……。切迫感が迫《せ》りあがってきたとき、ふいにトイレで水道をひねる音が聞こえた。

きつい水の流れる音。続いて手を洗う音。

「――ちっ！」

気まずそうに舌打ちし、大柄な男はその場から姿を消した。

助かった。

躰のこわばりが解け、朝海はほっと息をついて壁にもたれかかった。

――想像以上に警戒されている。組織対策課の刑事とでも間違えられたのか。トイレに先に客がいてくれて助かった。

次の瞬間、トイレから出てきた男の顔を見て、朝海ははっと目をみはった。一気にアルコールが醒《さ》めたかのように。

飛高――――！

「どうして……」

眉をひそめた朝海を見下ろし、飛高はにこやかにほほえみ、肩に手をかけてきた。

「待たせてすみませんでした、係長、先に、この店に入っていたんですね」

え……っ？　係長？

眉間の皺を深めた朝海に、彼はわずかに目配せする。見れば、奥の物陰に先ほどの男がいて、こちらの様子を窺っていた。

「あ……ああ、もう来ないのかと思って心配したよ。何度も携帯に連絡したんだが」

飛高の演技にあわせ、わざとらしく笑顔で答えた。

なぜ彼がここにいるのか。どうしてタイミングよく現れたのか。ということはさておき、今はこの場を何とか無事に乗り切りたかった。

「嘘、つかないでください。私との約束なんて忘れてひとりで飲むつもりだったんじゃないですか」

ネクタイをゆるめ、飛高は肩をすくめた。

「いや、だって……おまえ、忙しそうだったから」

「仕方ありません、アメリカから日本に転勤になっての初仕事なんですから。でもちゃんと成功しましたよ、例の交渉には」

「すごいな。でもおまえならうまくいくと思っていたよ」

わざとらしいほど嬉しそうに言ってみた。

「せっかくその報告をしようとしていたのに、係長、先に帰ってるんですから。でもよかった。私がここで食事をしたいって言ったの、覚えていてくれたんですね」

カンがいいのか。こちらの言葉にうまく乗ってくれる。しかも聞いている者が不自然に思わないように取り繕いながら。

「ところで、係長、今の物音は何ですか？　手を洗っていたら、すごい音が聞こえてきましたが、何かあったのですか？」

飛高はわざとらしいほど驚いた様子で問いかけてきた。

「あ、ああ、いきなり後ろから突き飛ばされて。もしかすると物盗りかも……」

そう続けようとした朝海の言葉を、飛高はとんでもない言葉で遮った。

「まさか、それって、この間の男……ですか？」

忌々しそうに言う飛高の言葉に、朝海はぎょっと目を見開いた。

「この間の男？」

「係長、私がアメリカに転勤中、男に狙われてたって言ってたじゃないですか。その男と浮気したでしょう？」

どうして話がそっちに行く、物盗りにしておけ、物盗りに。

「まさか。ただの物盗りだろう。そろそろ店に戻って食事でも…」

飛高の腕を掴み、店に戻ろうとしたそのとき、飛高は面白そうにくすりと笑った。

「ごまかさなくてもいいですよ。これで帳消しにしてあげますから」

「え……」

ふいに背中を抱きこまれ、朝海はとっさに男の腕をふりほどこうとした。しかしそのとき、腰を抱く男の手に力が加わり、唇に息が触れた。

「……っ」

目を見開いた瞬間、唇がふさがれる。

——飛高……。

刹那、なにが起こったかわからず身動きがとれなかった。なにをされているのか、想像もできなかったせいだった。

「待て……っ！」

背けかけた顎を掴まれ、ひんやりとした唇をさらに強く押しあてられる。

唇と唇がこすれあい、ふわりと薬品臭が鼻腔をつく。瞬きを忘れて呆然としている朝海の唇を飛高が愛おしげに啄《ついば》んでくる。

「……飛……だ…っ」

反射的に飛高を払おうとしたそのとき、先ほどの大男の他に、カウンターにいたオーナーらしき長髪の男もそこにいることに気づいて動きを止めた。

確かめられている。自分たちが何者なのか。ちらりと横目で確認した朝海の下肢に飛高の手が伸びてくる。

「あ……っ……あの……待て」

濡《ぬ》れた舌に唇を舐められ、ズボンの上からもぞもぞと性器をなぞられる。

「やめ…こんな場所で……」

どうしたものか。抗うべきか、やり過ごすべきか。廊下の端では男たちが自分たちの様子を見ている。

通路の狭い壁に背中を押しつけられ、唇を押し当てられ、性器をいじられていく。こんな場所でなにをやっているんだ、飛高は一体どういうつもりなんだ。

「このままホテルに行きませんか。覚醒剤《シャブ》、手に入れて、係長がおかしくなりそうなほど感じさせてあげますから」

「っ……待て……覚醒剤って……おまえ」

「それはあとのお楽しみで」

「ん……ふ……ちょ……やめろってっ。くっ……やめろ、それ以上したらぶっ殺すぞ」

舌打ちし、ドスの利いた声で威す。だが飛高が嘲笑する。

「嘘つかないでください。こんなに嬉しそうに反応して」

このままだとやばい。衝きあがるたまらない衝動を息を殺して懸命に抑えこみ、朝海はとっさに膝《ひざ》を上にあげていた。

「ふざけんな……ぶっ殺すと言っただろ！」

どかっと飛高の股間を蹴りあげる。

「うっ！」

そのまま勢いよく飛高の躰はもんどり打ち、壁に立てかけてあったカラの瓶ケースにぶつかった。バタバタと音を立てて幾つかのケースが落ちていく。

「……キレるの、遅すぎ。ふだんはドSのくせに。しかも股間、直撃……っ」

小声で飛高が呟く。

まさかわざと？　と訊きたい言葉を呑《の》み、視線をずらすと、物陰にひそんでいた男がサッと前に出てきた。

「お客さま、なにかありましたか」

長髪の男が見かねたように声をかけてくる。

警戒し過ぎてはいけない。あくまで一般人らしい隙《すき》を残しておかなければ。

「あの、お客さま、大丈夫でしょうか」

もう一度問いかけてくる長髪男を無視し、朝海は足下に転がったケースを一個蹴飛ばし、飛高に怒りの声をあげた。

「バカ野郎！　いきなりこんなことしやがって。俺は帰るからなっ」

吐き捨てる声が通路に響き、飛高はふてくされたような顔でにやりと微笑する。こちらの意図がわかったのだろう。

「俺の食事代の精算は、このバカがしてくれる。騒がせて悪かった。では」

靴先で軽くその腕を蹴り、朝海はくるりと飛高に背をむけた。後ろから飛高が声をかけてくる。

「待ってください、精算は私がします。なので、エレベーターホールで待っててください。大事な話が…」

「うるせえ、てめえは一回死ねっ！」

くるりと飛高に背をむけ、朝海はエレベーターホールにむかった。

外に出ると細い雨が糸のように降っていた。晩秋の冷たい雨に、スーツだけできてしまった躰にわずかな震えが走る。

急な雨のせいか、ビニール傘を手にしている若者やサラリーマンが多い。

渋谷の道玄坂《どうげんざか》近くの大通り。

東急《とうきゅう》百貨店から渋谷駅へのゆるい下り坂は、極彩色のネオンを反射させたビニール傘と車のライトで目映《まばゆ》く視界が揺れていた。

——それにしても、どうして飛高はこの店に。

朝海は訝しげにエレベーターを見た。ぐにゃりと視界が曲がったようになり、焦点がうまくあわない。どうも酔ったらしい。思考がまわらない。アルコールを飲み、乱暴な立ち回りをしたせいか、いつもより酒のまわりが早かった。

——駄目だな、酒は飲まないようにしないと。鬼畜なくせにアルコールに弱いなんて知られたら……また飛高にいいようにからかわれる。

ふぅっと大きく息を吸いこんだそのとき、エレベーターが下に降りてきた。

「お待たせしました。精算しておきましたので」

エレベーターが開き、飛高が出てくる。非常階段の上方に人の気配を感じた朝海は、飛高の腕をぐいと掴み、足早に雨の雑踏を進んだ。

「つけられている」

まわりに聞こえないよう小声で囁き、ふたりで人混みをぬけて、大型ディスカウントショップの脇の坂道へと曲がる。頭上からの雨がふたりの髪を濡らしていたが、気にしている余裕はない。あきらかに複数の中国人が自分たちのあとをつけている。

「まだいるぞ」

ショーウインドーに映る人混み。そのなかから視線を感じる。

「多分、私を疑っているのでしょう。あのあと、あの支配人、こっそりと覚醒剤の売人を紹介してくれました。我々が本当にセックス目当てに覚醒剤を欲しがっているのか、確かめたいのかもしれません」

「え……」

朝海は横目で飛高の横顔を見あげた。前をむいて歩きながら飛高が言葉を続ける。

「おまえ……買いつける約束をしたのか？」

「ええ。今夜は無理だが、明日には手に入ると言ってました。仕方ないので、今夜はあきらめて普通のデートをすると伝え、あの場をあとにしました」

「ちょ、おまえ、それって」

「ということで、主任、そこのホテルに入りましょう」

「飛高……」

「大丈夫です。あなたとセックスしようなんて考えてません。股間を蹴られて、今はそれどころじゃないし」

「股間は自業自得だ」

「ひどい言い方ですね、恩人に対して」

楽しそうに笑っているのに釣られ、緊迫した状況も忘れて朝海も笑みを禁じ得ない。

この男、なかなか楽しい男かもしれない。年齢からは想像もつかない天才的な頭脳を持っているが、まだその内部には若々しさや瑞々しさが残っているのだろう。生意気なのもそのせいかもしれない。

「さあ、行きますよ」

飛高は強引に朝海の腕を掴み、目の前にあった大型シティホテルにむかった。ビジネス客をターゲットにしたシンプルでモダンな造りのホテルだった。

フロントは三階にあるらしく、一階と二階には何軒かの飲食店やドラッグストア、コンビニなどが入っている。

裏からも外に出られ、そこにタクシー乗り場があるらしい。地下二階にぬければ、どうやら駐車場に出られるようになっている。

「ここの地下に、私の車が停めてあるんです。夜中にそこから出ましょう」

「今、逃げればいいじゃないか」

「彼らは私たちの関係を確かめたがっています。不本意でも、ここで時間を潰《つぶ》したほうが疑われません。その代わり作戦がうまくいったときは、いい成果が得られますから」

「いい成果？　何だ、それは」

「説明はまたあとで」

飛高はフロントにむかった。

「ツインがとれました。支払いは済ませましたので、安心してください」

カードキーを手に、フロントでチェックインした飛高は、ロビーのソファに座っていた朝海のところに戻ってくる。

壁の鏡で入り口の様子を確かめると、追いかけてきていた男たちはドアのむこうでまだこちらを窺っていた。

飛高の言うとおり、ここでしばらく過ごしたほうがいいだろう。

それにさっき飲んだアルコールが胃に回って躰がだるい。完全に酔いが躰にまわってしまっている。少し休みたかった。

チェックインした部屋は、大きな窓のある十七階の広い部屋だった。廊下と部屋の間に扉があり、浴室はシャワーブースとバスタブが分かれていた。

窓際のベッドに腰を下ろした朝海に、飛高は冷えたペットボトルをポンと投げた。

「成果というのは？　……おまえ、ただの鑑識課員じゃないだろ」

鑑識として働く。という本来の仕事以外で、なにか大きな力を背景にして、はかりしれないことをしているような気がする。

図星なのか、飛高は朝海をまっすぐ見つめたあと、視線をずらした。

「あとで説明します。私も喉《のど》が渇いて」

冷蔵庫から取りだしたビールを飲むと、飛高はむかいのベッドに腰を下ろした。

「車できていたんじゃなかったのか」

「そうでした。では、帰りは主任が運転してください」

ポケットから鍵を出し、飛高がポンと投げてくる。警視庁マスコット『ピーポくん』がついたキーホルダーを冷ややかに見下ろし、朝海はボソリと答えた。

「駄目だ、飲酒済みだ」

「わかりました、俺もこれでやめておきます。このくらいなら、明け方まではアルコールが抜けるでしょう。さすがにそんな時間まで、あいつらがいるとは思いませんし」

ベッドヘッドにもたれるように座り、飛高は残りのビールを飲み干した。外は雨がきつくなってきたのか、窓が曇り始めている。

「で、飛高、おまえ、どうしてあんなところにいたんだ。何のために」

雨で濡れた髪をぐしゃぐしゃに掻くと、朝海はネクタイをぞんざいにゆるめた。ネクタイも上着もズボンも濡れている。早く乾かさないと湿っぽいにおいが染みついてしまうだろう。

「主任と同じ理由です。渋谷の事件……。科捜研から解剖の結果が出たあと、やはり覚醒剤の反応が気になって」

「それはおまえの仕事じゃない。鑑識に捜査権はないぞ」

「主任の行為も同じです。他部署の捜査に顔を突っこんでる。……私がリークすればどうなるか」

「お互いさまだ。他部署の仕事であろうとなかろうと、俺はただ覚醒剤の売買の件をくわしく知りたいだけだ。あの店、背後の組織、彼らと関わっている日本の暴力団……」

飛高が眼鏡の奥の目を眇める。

「潜入捜査やおとり捜査をするつもりじゃないでしょうね。主任、何かやらかしそうで心配になります」

「バカ。アメリカではどうなのか知らないが、犯罪解決のための、おとり捜査も潜入捜査も日本では禁じられている。裁判でもそうして集められた証拠は正当なものとして扱われない。そうじゃなくて……俺はただ思うところがあって自分で調べているだけだ」

喜代原の死。それに関わる関係者たち。それが気になるだけだ。

「出世に興味がないんですか。余計なことに顔を突っこむと立場がやばくなりますよ」

「立場なんてどうでもいい」

「やはり……キャリアを捨てたという話は本当なんですね」

「俺の話はいい。おまえこそ、なにを探っているんだ。作戦というのは何なんだ？　そもそもどうやってあの店の情報を得た？　誰かおまえの裏にいるんだろ。おまえを警視庁に入れた人物は誰なんだ？」

たたみかけるように問いかけると、飛高は不敵な笑みを浮かべ、ポケットから有名チェーンのパチンコ屋渋谷店のライターを出した。

「これは？」

訝しげに見ると、雨に濡れた前髪をかきあげ、飛高は静かに答えた。

「変死体だけじゃなく、生きている人間も得意なんです。躰に異常のある人間は一目でわかります。たとえば……パチンコ屋かゲーセンに入って店内を見まわせば、覚醒剤中毒の一人や二人、すぐに見つけることができます」

「そんなことが？」

問いかけると、ええ、と飛高はうなずいた。

「この寒い時期に軽装で汗を流しながら口を開け、一心不乱に台にむかって躰を硬直させている奴。そういう奴のそばに行き、万札をちらつかせ、炙《あぶ》りをやりたいんだが、混ぜもの《カルキ》の入ってない雪ネタを知らないかと声をかけると、だいたいがすぐに売人のいる場所を教えてくれます」

どこか愉悦に満ちた表情だ。この男は……やはり人間としては歪《いびつ》なものを抱えている。だからこそ特別な能力を持ちあわせているのかもしれない。

「そんな簡単に見つかれば苦労はないな」

「勿論、飢えて苦しんでいるタイミングをみはからって声をかけないと。そのときは清々《すがすが》しいほどぺらぺらとこちらの誘いに乗ってきます」

「なら、薬物取締課にそのマニュアルを教えてやれ。感謝状がもらえるぜ」

「マニュアルなどありません。長年のカンです。素人には無理です」

「麻薬取締課の奴らを素人呼ばわりするとは……何様なんだ」

「言ったでしょう、天才だと」

「たいした自信だな」

「ヤク漬けの遺体の検屍は得意でした。現在進行形で中毒になっている奴も見抜くことができます。ああ、こいつ、覚醒剤をうって、今が何日目で、体内ではこういう変化が起きていると」

では喜代原のそばにこの男がいれば、未然に事件を防ぐことができたのだろうか。いや、せめてあのときの自分にこの男ほどの能力があれば。

「それで明日、どこに行けば売人と会えるんだ？」

「それは……あなたには言えません」

朝海は眉をひそめた。訝しむような視線を送った朝海に気づき、飛高は眼鏡をくいっとあげて答える。

「お察しのとおり、私はある幹部の命で動いています」

朝海は眉間の皺をさらに深めた。

「鑑識以外の仕事で動いているのも事実です。でもそれを言うことはできません。私の知っていることが捜査一課のあなたの係と絡むことになったら情報をお伝えします」

だから今回のことはこれ以上、詮索しないでくれ――と彼は遠回しに言っているのだ。

確かに、管轄外のことに手を出さないというのは警察内の暗黙のルールだ。だが、この密売ルートは、喜代原の事件とも関わりがある。

「おまえに利用された以上、俺には知る権利はあると思うが」

「わかりました。では今回の密売人を検挙したあと、知っている情報をお教えします。それではいけませんか」

「いけなくはないが……」

「怒りましたか？」

朝海は押し黙った。

怒るもなにも……。ただ自分の知らないところで、この男が誰かの命令で働いているということに不快感を覚えただけだ。自分のための鑑識……とまでは、思っていなかったが、ずっとこんな男と仕事がしたいと思っていた理想の鑑識が現れたので、心のどこかでこの男は自分のもののように感じていたのかもしれない。

「まあいい。それにしても変わってるな。アメリカで検屍官として活躍していたのに、誰の命令か知らないが……わざわざ日本の警視庁に入るなんて」

「そうですね、いろんな意味で悪趣味なんです」

苦笑し、飛高は怪訝な顔つきで濡れた髪をかきあげ、携帯のメールをチェックした。

「飛高、髪を乾かしてきたらどうだ。首筋まで濡れているぞ」

クイと親指でシャワールームを指さすと、飛高はかぶりを振った。

「主任からお先に。こういう場合は目上の人間から入るものでしょう」

「目上とか、気にする性格か？」

「先に腹ごしらえがしたいので。主任はさっきの店で夕飯を食べたかもしれませんが、私はまだなにも食べていなかったので」

飛高は傍らにあった鞄に手を伸ばし、コンビニの袋を取りだした。握り飯とサンドイッチが白いビニールに透けて見える。

「わかった。では先にシャワーを使わせてもらう。おまえも濡れた服を早く脱いで、スーツを乾かしておけよ」

バスローブをポンと投げると、朝海は飛高に背をむけて浴室にむかった。


——変なことになったな。飛高とこんなところにくるとは。

尤もこういうことには慣れている。

刑事は基本ペアで行動するものだ。これまでにペアになった刑事とは、もっと狭いワンルームで一カ月以上暮らしたこともあった。数日間、車で昼夜をともにしたこともある。

朝海は洗面台の下に自分の鞄を置き、スーツを脱いでハンガーにかけた。

浴室の鍵はかけない。泊まりこみの捜査のとき、いつ事件が起き、ペアを組んでいる相手が駆けこんできてもいいように。

携帯の着信を確かめると、今のところ、何の連絡も入っていなかった。

捜査の要請もない。シャワーを使っていても連絡があったときはすぐにわかるよう置いておく。裸になり、タオルを手にシャワーブースに入ろうとしたそのとき、バンと浴室の扉が開いた。

振りむくと、飛高がバスローブ姿でそこに立っていた。前髪の隙間からじっと朝海を見つめ、なかに入ってきた。

「不用心ですね、鍵くらいかけて入ればいいものを」

「緊急のときに、ペアの相手が入ってこられるようにしている」

「今は緊急時じゃないですよ」

「いつもの癖だ。それより、トイレに行きたいなら遠慮なく使用してかまわんぞ。俺はシャワーを浴びるから」

「いいんですか」

「ふだんから並んでしてるじゃないか」

「残念ながら、私は用を足しにきたのではありません」

「では俺の躰でも覗きにきたのか」

冗談めかして言う。

「ええ、続きを」

パタンとドアを閉め、飛高が鍵をかける。

えっ……と、朝海は眉をよせた。

「私のこと……本当に見覚えはありませんか」

朝海の前に立ち、飛高が壁に手をつく。朝海はかぶりを振った。

「覚えはない。だが、もし俺とどこかで会ったというのなら教えてくれ。忘れていたのだとしたら謝る」

「あるといえばあるし、ないといえばないです」

「曖昧な言い方はやめろ。はっきりしないと殴るぞ」

静かに、しかし苛立った声で言うと、飛高はふっと口元に薄笑いを浮かべる。

何がおかしいのか、飛高の笑った声が必要以上に浴室に響く。意味がわからず朝海が目を眇めると、飛高が肩に手を伸ばしてきた。

「おまえは……俺が……好きなのか」

「ええ、あなたにしか欲情しないほど」

意味がわからない。なにを言っているのか。わけがわからず訝しげに眉をよせていると、飛高は奇妙なほど艶やかな目でこちらを覗きこんできた。

「初めてでした、あんなふうに他人から強く求められたの。家族を喪ったあと、ずっと私には世界がモノトーンに見えていましたが、あなたと出会って色彩が戻りました」

「飛高……」

「目の前で、自分の家族が爆弾でバラバラになるの……想像できますか？　一秒前まで自分に笑いかけていた家族が、一瞬で肉塊になりました。そのむこうでは別の人が燃えていた。燃え過ぎて、男か女かもわからない遺体……」

飛高の両親は、アフリカで医師として活動していた。近くで紛争が勃発《ぼっぱつ》し、逃げるときに乗りこんだバスが爆破され、飛高以外の乗員全員が死亡したらしい。

その話を月山から教わったあと、朝海は飛高がどういう状況にあったのか、大使館の詳細な資料を読んで確かめた。

爆撃直後は何人か生きていたそうだが、助けられるまでに数日かかったため、負傷していた者が次々と亡くなっていったとか。最終的に生き残ったのは、足に軽い怪我を負っただけの飛高のみ。

「あのとき……確か、おまえは十歳にも満たなかったそうだが」

「誕生日の目前でした。それ以来、私の世界はモノトーンになり、人と話ができなくなりました。事故のＰＴＳＤってやつです。我ながら繊細ですよね。父の医大時代の友人が心療内科の医師だったので、しばらく世話になりましたが、結局、まわりのすすめで母方の祖父母のいるアメリカで暮らすようになって」

　事故の精神的後遺症で他者との距離感がうまくもてなかった飛高は、しかし優れた理系的な頭脳を持っていたため、飛び級で医学部に進学し、二十歳で医科大学を卒業した。

「凄絶な人生だな。だが……それと俺とがどう関係ある」

「あのときのこと……本当に覚えてないんですね。私を襲ったこと」

「襲った？」

　俺が、この男を――？

「はい」

　飛高の手が朝海の肩を引きよせる。ごくりと朝海は息を詰めた。すーっと飛高が唇をよせてくる。

「こうして顔を近づけ、キスして……あなたは私を抱こうとした」

「それは……俺によく似た別の男だと言ってなかったか」

「この前はそういうことにして会話を終わらせただけです。四年前の男、あれは確かにあなたです。喜代原……と、私のことを呼んでいましたが、証拠の画像もあります」

「……っ！」

　その名。驚きのあまり、心臓が激しく脈打った。勿論、表情に出すことはなかったが、目元のあたりの皮膚が震えるのは止められなかった。

「あなたは、あの頃、横浜《よこはま》のクリニックに通っていましたよね。大事な人間を喪って、眠れなくなったとかで」

あの当時、東京だと警視庁の奴らに知られると思い、朝海は他府県の高名な医師のもとに通っていた。

「まさか、そのクリニックは……」

「亡き父の友人がやっていた医院です。一時帰国していた私は、病院を手伝っていて。あなたは、診療時間後、どろどろに酔ってクリニックにいらっしゃいました。恋人の四十九日の散骨に行った帰りだとかで、私を見るなり幽霊でも見たような顔をされて」

喜代原の四十九日……意識が朦朧となったときだ。確か病院で目を覚ました。死にかけていたので、胃を洗浄したと言われたが、一体、なにが起きたのか。

「まさか、そのときに、俺は……おまえを犯したのか？」

「ええ」

飛高の返事に、朝海は息を詰めた。

「バカな……」

「……喜代原、おまえをあの世に送りたいのか、この世に引き戻したいのか自分でもわからない、でも約束だと言って、私を押し倒して、下肢に手を伸ばしてきて……」

約束――――！

そうだ、約束していた。冗談めかした会話だったが。あのとき、知らず彼に甘い感情を抱いている自分に気づいた。親友相手に、恋情にも似た感覚を。

——では、俺はこの男を喜代原と間違え、あいつとしてみたかったことをしてしまったのか？

全身から血の気が引きそうになる。

自分に限ってそんなことをしでかすはずがない、と言い切れないのは、人生でただ一度、我を忘れるほど泥酔したのがそのときだからだ。

自殺未遂と間違えられるほど大量の睡眠導入剤を飲んでいた……とあとで聞かされても、本当かどうか、それさえもよく覚えていないほどだ。

「証拠もあります。あなたのＤＮＡが証明できそうなものはすべて採取しましたし、画像も音声も残してあります。もしものときは訴えるつもりで」

「訴える……俺はそこまでのことをしてしまったのか？」

「私があなたをここに連れこんだのは、追いかけている奴らの目をごまかす目的もありましたが、初めから下心があったからです。あなたを犯してみたいという」

眼鏡をはずして洗面台に置くと、飛高は朝海の肩に手を伸ばしてきた。

「ふざけ……っ」

飛高は顔を近づけてきた。

「ちょ……待て」

かぶりを振って突っぱねる。だが飛高はなおも朝海の首筋を吸い、肌の感触を楽しむように顎のラインに沿って唇を這《は》わせてきた。

「やめろっ！」

その肩を突き飛ばした瞬間、ぐいと強く腕をひき掴まれた。朝海は強い力でシャワーブースのなかに押しこまれた。そのはずみでシャワーのコックに背があたり、頭上から湯が降ってくる。

「う……っ」

入ってきた飛高から逃れようとしたが、腰を抱きこまれたままガラスに押しつけられ、気がつけば、唇を重ねられていた。

「ん……っ……ん…」

唇をこじ開けられ、根元から舌を絡みとられる。

激しく降り注ぐシャワー。立ちのぼる湯気。濡れるのもかまわず、朝海の腕をしっかりと掴み、飛高が激しく唇を貪ってくる。

これは復讐《ふくしゅう》なのか？　それともただの欲情か？　喜代原と間違えて犯したのなら……飛高の怒りは尤もだ。あのときの自分ならあり得なくもない。

だが、本当にそんなことをしたのか？　警察官として誇り高く生きてきた自分が。

「く……う」

朝海は飛高の胸を突っぱね、強い目で睨みつけた。

「やめろ、いいかげんにしないとぶっ殺すぞ」

濡れた雫を滴らせ、飛高が形のいい目を細める。

「過去を知られてもいいのですか?」

「……仕方ない、それが事実なら」

「いいんですか、私にしたことが知られると、どこかに飛ばされますよ」

「そのときはそのときだ。彼と間違えておまえにひどいことをしたのだとしたら、俺も男だ、責任はとる」

湯気の立ちこめるなか、シャワーに濡れながら飛高はじっと朝海を見たあと、やるせなさそうな表情をした。

しばらくなにか言いたげな眼差しで朝海を舐めるように見たあと、淡く微笑した。

「責任……いいですね、あなたらしい言葉だ。それにしても妬《や》けますね。あなたにそんなに思われていた喜代原って男がうらやましい」

こちらの頬に手を伸ばし、やるせなさそうに飛高が問いかけてくる。その顔は、知りあった頃の喜代原そのものに見えた。

「時々、私を見て言う人がいます。主任の親友で、殉職した喜代原という鑑識課員とよく似ているとと」

薄暗いせいか、湯気のせいか、彼に眼鏡がないせいか、それとも知りあった頃の彼と年齢が同じくらいのせいか、或いは酔っているせいなのか――記憶のなかの喜代原が言っているような気がして胸が痛む。

「陰ではつきあっていたんですよね、その彼と」

「……いや、ただの親友だ」

「好きだったんですね？」

「おまえには関係ない」

自虐《じぎゃく》的に笑って言ったが、飛高の顔は真摯なままだった。

「彼を憎んでいるんですか」

憮然《ぶぜん》と問いかける飛高を朝海は見あげた。

「いや」

「では、なにを後悔しているんですか？　どうしてあのとき、罪の意識を抱えていたのですか」

後悔、罪の意識――。

朝海は息を詰め、ガラスブースにうっすらと映った自分と飛高の姿を見つめた。

自分の顔をぼんやりと見つめたとき、己の顔を飛高がじっと正視していることに気づき、朝海はその視線を振り払うように吐き捨てた。

「別に」

「……嘘だ」

「仲間が殉職することへの胸の痛み。警察官なら誰でも同じだよ、同僚をむざむざ殉職させたときほど、己の無力感にうちひしがれることはない。そして……どうして護れなかったのかと、罪の意識を抱えこむ。そういうものだ」

視線をずらしかけたが、飛高の大きな手に顎を掴まれ、それを阻まれる。朝海の躰はいつしか飛高と硝子《ガラス》の壁にはさまれていた。

「四年前の夜……あなたは私を押し倒し、どうして俺を裏切ったとひどく罵倒《ばとう》していました。そして私を求め、何度も赦《ゆる》してくれと懇願して」

しばらくその綺麗な琥珀色の目を凝視したあと、朝海は口角をあげる。

「まったく記憶にないが、もしそうだったら謝る」

「謝られたところで、私には何の得にもなりません」

口の端を歪め、飛高が鼻で嗤う。

「……怒っているのか？」

「さあ。怒りという感情が私にはよくわからないので。ただ、もう一度、あなたに会いたいと思っていました。この感情の正体が理解できない。あなたを憎んでいるのか、怒っているのか、それともあなたが好きなのか」

シャワーブースの壁に手をつき、飛高がじっと見下ろしてきた。顔にかかる暗い影の威圧感に、背筋がぞくりとする。

「わかっているのはひとつだけ。四年前、自分を犯そうとした綺麗なドS男を犯してみたいという衝動。無自覚に色気を垂れ流している凶暴な刑事に突っこんで、めちゃくちゃにしてみたい。それだけです」

低い声で囁き、飛高は嗤笑をうかべた。

濡れそぼった髪の隙間から見える目は、喜代原……というよりも冷ややかな空気をまとった獰猛な牡。不覚にも胸が騒いだ。

「だから、私のものになってください」

大きな掌が皮膚を辿《たど》り、胸肌を愛撫し始める。

ざっと爪の先に胸の粒を掻かれ、それだけで甘美な熱が皮膚のあたりに奔《はし》った。ぷつりと胸の粒が尖り、彼の指を押しあげる。

「やめ……飛……」

のがれようともがいたものの、たくましい腕に腰を掴まれて動くことができない。

「いいかげんにしろ。く……っ……復讐したいのなら……出るところに……出ろ。自分の罪の……裁きくらい受ける」

「いいのですか、では法廷で告白しますよ。喜代原刑事の代わりにされそうになったと。あなたは喜代原刑事との仲を疑われることになりますよ」

「……っ」

朝海は硬直した。

「喜代原の……」

「ええ、ふたりの間になにがあったかが、あることないこと、詮索されますよ」

「……っ」

それは困る。喜代原の両親や姉が哀しむ。彼の名誉も傷つく。

朝海の表情から感じとるものがあったのか、飛高はくすりと笑った。

「なら、答えはひとつしかないですよね？」

「な、なにをする…」

躰をよじってのがれようとするが、大きな掌で腰を押さえつけられ、朝海は身動きがとれない。

「性格どおり、躰も牡《おす》っぽい男かと思いましたが、牝《めす》としても感じられそうですね」

「牝だと……ふざけたこと……」

ゆるやかに乳暈《にゅううん》を撫でられる。きゅっと硬く骨張った指に乳首の付け根を摘《つま》まれ、背筋に痺れたような感覚が広がった。

朝海はそれを取り払おうと声をあげた。

「っ……やめろっ…この獣っ！」

「いやです。獣同士、いい番《つが》いになりましょう。あなたも私も死者に取り憑《つ》かれ、現場に赴いているのですから」

飛高が首筋に顔を埋めようとしてきた。

「やめろ……俺は……こんなことは……」

朝海はとっさにのがれようとしたが、次の飛高の言葉に硬直した。

「では、あなたを告訴しますよ」

「……っ」

朝海は唇を噛《か》み締めた。

告訴、自分がされる分にはかまわない。しかしそうなったときに喜代原は……。

彼の尊厳、名誉はどうなるのか。朝海と喜代原の間にはなにもなかったが、飛高が『喜代原刑事と間違えて強姦された』と告訴したら、世間はそうは思わないだろう。それどころか警察全体をゆるがす大スキャンダルになりかねない。

じっと飛高を睨み据えたあと、観念したように瞼を閉じた。

「わかった……なら、好きにしろ。犯したいだけ犯せばいい」

投げやりに言った刹那、飛高の手が肩へと伸びてくる。皮膚に喰いこむような強い力で掴まれ、鼓動が激しく脈打つ。

――いいさ、こんなことたいしたことじゃない。一度や二度、後ろを掘られたくらいで死にはしない。それでこの男の気が済むなら。

己に言い聞かせていると、ふいに閉じかけた視界に暗い影がかかる。吐息の気配を感じた刹那、飛高は朝海の唇を塞いできた。次の瞬間、シャワーの勢いが増した。

押しつけられる唇。この男の外見同様にひんやりと冷たい。しかし皮膚をこすりつけるように唇をさまよわされていくうちに互いの唇の隙間に熱がこもっていく。

ゆっくりと押し包むように唇を吸われたときは、飛高の唇はすでに熱くなっていた。

「く……ん……っ」

胸をまさぐられながら押さえこまれ、朝海の背は濡れたガラスブースに圧迫されていく。

「感じやすそうな色と形をしていると思いましたが……やっぱりここが好きなんですね」

乳首をいじられると、甘い感覚が躰の奥に広がる。己の先端から雫《しずく》が漏れていることに気づきながらも、それを自制する余裕もない。

「いいですね、こんなに感じて。あのとき私を牝のように扱っておきながら、実際はあなたのほうがいやらしい牝じゃないですか」

呆れたように呟き、飛高が下肢を押しつけてくる。

己の勃起したペニスが飛高の腹部を圧迫し、ふたりの腹の間で膨張していく羞恥《しゅうち》。その様子を飛高に楽しまれていることへの年上の男としての屈辱。

「く……!」

ぐっしょりと濡れた亀頭の先端を指でぐりぐりと弄《いじ》られる。恐ろしいほどの刺激を送りこまれ、脳髄が真っ白になっていく。

先端からどくどく淫らな蜜があふれ、屈辱を覚えながらも甘やかな快感に全身が痙攣《けいれん》してしまう。

今にもそこが弾けそうなせっぱ詰まった感覚が衝きあがり、朝海の吐く甘い吐息がブースのなかに反響する。

「ん……あ……っ……あぁっ」

どうしたんだ、俺の躰は……。威され、好きに触らせているだけなのにこんなふうに変化するなんて。

「そろそろいいですね、あなたとつながりますよ」

彼の手がすっと背筋に沿って腰に落ちていく。肉の谷地を降りていった指先が奥の蕾《つぼみ》に触れる。縁をなぞりながら、ぐうっと体内に挿《はい》ってきた指の冷たさに心臓が跳ねあがりそうになった。

「やめ……ろ……」

あらんかぎりの力で飛高の肩を突き放そうとする。だが飛高は乱暴にもがく朝海の腰を広げ、関節まで指を差し入れてきた。

「く……っ」

直接的な痛み。朝海は顔を歪め、ガラスブースに爪を立てた。

頭上から降り落ちるシャワーの湯。濡れた髪の隙間から睨みすえる朝海と視線を絡めながら、飛高が二本に指を増やす。

「待て……な……！」

増やした指で内壁の感触をやわやわとさぐられていく。

「好きにしていいんでしょう？」

内部で関節をねじこまれ、たまらず朝海は嬌声をあげた。

「ああっ、あぁっ……あっ」

粘りけのある雫が夥《おびただ》しくあふれ、ふたりの腹から腿《もも》の皮膚を濡らしていく。湯とは違う、ねっとりとした蜜が己の恥ずべき欲望を顕しているようでいたたまれない。

「綺麗で、格好いいですよ。鬼畜、鬼と呼ばれるドSな刑事が、年下の男からの屈辱に噴まれ、淫らに感じている顔に、私の牡の本能が刺激されます」

「この変態……っ……」

猛烈な恥辱。こんなことをされている事実に堪えきれず、固く目を瞑る。

けれど瞼を閉ざしていても、彼の指が内部で蠢《うごめ》くたび、自身の前方部の先端からとろとろの雫があふれるのを止められない。

「ふ……だめだ……っ、あ……っ」

抗って躰をよじると、己の吐きだしたものでペニスがふたりの肌の間をずるりと滑る。彼の腹部の皮膚を圧迫するように滑り、朝海の肉棒はさらに膨《ふく》らんでいく。まるで快感だと言わんばかりに。それが羞恥と悔しさを助長する。

信じられない、自分が。どうしてこんなことに快感を。

「すごい反応ですね。後ろを弄られているだけで……一気に性器に血流が集まってきた。組織が活発に動いて、静脈は塞がってますね」

「く……俺の躰を……検査……すんな、この変態野郎」

「健康な男だと証明されて……よかったじゃないですか」

ぐぅっとなかで指を広げられる。感じやすい場所をこすられ、背筋に痺れるような快感が駆けぬける。

「あ……あ……ああっ」

ペニスから漏れる蜜。己の唇から漏れてしまう甘い声が信じられない。

飛高は呆れたように笑う。

「もしかして、主任って淫乱な牝ですか、そんな牡っぽい顔をしながら。見せてやりたいですね、容疑者や署轄の刑事に。鬼畜刑事が実はビッチのような獣だったと」

耳元で囁かれた途端、激しい屈辱にこの男をぶっ殺したい衝動に襲われた。

その台詞をそのまま返してやりたい。

この男を組み敷き、その綺麗な顔を歪ませ、欲望を体内に叩きつけるのが自分だったらどれほどいいだろう。

なのに乱れさせられているのは自分で、飛高は余裕の表情でこの躰を弄《もてあそ》んでいる。

それこそ鑑識中の遺体を相手にしているように。

「主任、もっと発情してください。私も盛りの獣のようにあなたを喜ばせてあげますから」

硬く屹立《きつりつ》した切っ先が蕾に触れる。怒張した他人の牡が体内にめりこんでくるのがわかり、朝海は思わず男の腕をにぎりしめた。

「……っ……うう……ん……あぁっ！」

容赦なく侵入してくる異物。先端の出っ張った部分が、ずるりと肉のなかに潜りこんでくる生々しさ。

心臓が止まるかと思うほどの激痛と火傷《やけど》しそうなほどの熱が全身を襲う。

「ああっ。あ……くっ……っ」

皮膚が裂かれる。きりきりと朝海の爪が飛高の皮膚に喰いこみ、呼吸が粗くなる。その動きと呼応するように、肉襞《にくひだ》を割って巨大な侵入者が体内を埋めつくしていく。

「いいですね、凶暴な鬼畜刑事が実は処女で……こんなに狭いなんて……」

「くそ……ふざけんな……ぶっ殺してやる……っ」

「私を殺したら、あなたの秘密も、白日に晒《さら》され……ますよ」

「……っ……この野郎」

本当の鬼畜はこの男だ。ドS鑑識。天才の仮面を被《かぶ》っただけの……。

「あなたのその悩ましい顔、画像にとって取調室で流してみたいものだ」

激しく腰をぶつけ、ぐいぐいと押しあげてくる。

「ふざけ……マジで……殺してやる……」

喘《あえ》ぎ交じりに弱々しくそう言いながらも、思考が段々と麻痺《まひ》していく。

痛みを少しでも和らげたくて、朝海はいつしか飛高の動きに身を任せていた。それが敗北感をいっそう助長させていたが、それでも動きを止めることはできなかった。


その夜、飛高はこれまでの四年分の鬱積《うっせき》をぶつけるかのように朝海を求めてきた。

「……っ……あぁ」

彼の腕に片膝を抱えられた姿勢でぐいぐいと押しあげられ、内臓を広げられながら抜き差しをくり返される。

狭い内壁を、他者に埋めつくされていく。

体内でじわじわ膨張する凶器に無残なほど乱暴に粘膜を灼かれる屈辱と羞恥。

「く……っ……早く射精しろ……もう……っ」

「いやです、ようやくあなたを自分のものにできたのに。たっぷり堪能させて……くださ い」

「……この野郎……く……っ……っ」

性交のための器官ではない場所は初めての行為のあまりの衝撃に、痛みも快楽も感じないほど麻痺していた。頭上から叩きつけられるシャワーの湯。ゆさゆさと揺さぶられて頭まで沸騰《ふっとう》しそうだ。

「あ……ああ……っ……あぁっ」

一体、いつ解放してくれるのか。このまま壊されるのではないか。朝海の内側は火傷をしたように熱く爛《ただ》れて痛んでくる。それなのに根元まで挿りこんできた飛高の性器に内部を埋められ、迫りあがってくる異様な熱に声をあげ、身をくねらせながらガラスに爪を立てることしかできない。

「あ……あぁ……」

喉の奥から漏れるなやましい呻《うめ》きがシャワーの音に吸いこまれていく。ガラスに手をつき、朝海の足を腕にかけ、飛高はぐいぐいと押しあげてくる。

「主任のなか……最高です……夢に見たとおりです」

薄く目を開けると、綺麗な目と視線が絡む。殺してやりたいのに、その目の艶《なま》めかしい色を見ているうちに、なぜかつながった下肢が甘く痺れてきた。

——こんなことって……どうして俺は……この男とこんなことをしているのか。

穿《うが》たれては背をしならせ、やるせない声をあげる。

「あっ……だめだ……もうっ」

狂ったようにキスをくり返され、際限なく求められる。

嫌がらせなのか、復讐なのか。激しい屈辱感とどうしようもない敗北感に襲われる。

本当にこの男を四年前に犯そうとしたのか？　喜代原と間違えて？

心のなかで何度も問いかけながら男の背にしがみつき、朝海は己の感情とは裏腹に甘い声をあげ続けた。

## 4　記憶を求めて

くそ、選挙カーから流れる演説が気になって眠れない。

『こんにちは。こちらは、日本民政党《にほんみんせいとう》の選挙カーでございます。次回の都議選にむけ、本日は特別に民政党の瑞木《みずき》幹事長が応援に駆けつけております』

通りをいく選挙カーから、拡声器を使った演説が聞こえてくる。おかげですっかり目が覚めてしまった。

『今の時代を変えていくために、政治に求められているものは……』

久しぶりの非番だ。かつて警視総監だった大叔父の一周忌法要があるため、昨夜から東京郊外にある実家に帰ってきていた。亡き祖父の弟にあたる大叔父は、祖父が早くに殉職したため、長く一族の重鎮的存在だった。

法事は夕刻からなので、今日は昼過ぎまでゆっくり眠ろうと期待していた分、途中で目が覚めるのはなかなか気分のいいものではない。

参ったな、これではまともに眠れない。夜勤明けの医師や看護師もこんな思いをしているのだろうか。

——もしここで住宅街での選挙カー演説防止法案をマニフェストにかかげる党があれば、俺は間違いなく一票入れるぞ。

布団から躰を起こし、朝海《あさみ》は枕元に置いていたペットボトルに手を伸ばした。

躰中に残る、寝不足特有の倦怠《けんたい》感。いや、気分が悪いのはそれだけではない。腰に残る異様な痛み。あれからもう一週間も経つというのに、今もまだそこになにか挿《い》れられているような奇妙な異物感が残ったままだ。

飛高《ひだか》————。

彼とは、気が長くなるような情交だった。セックスのときの彼は、見た目のクールさからは想像もつかない獰猛な牡そのものだった。

若々しく、精力のみなぎった冷ややかな野獣。

『次は……一週間後にどうですか』

ベッドでぐったりと横たわった朝海の躰を引きよせ、飛高はさも当然のように言った。

『ふざけんな。それよりも証拠を出せ、早く』

その躰を突き放し、朝海は痛みをこらえながら起きあがった。

『そんなものありません』

『何だと』

朝海は舌打ちした。殴りかかりたい衝動がこみあげてきたが、あまりに下肢が痛く、さすがに体力に自信のある朝海でさえも、その気力が湧《わ》いてこなかった。

何度もそこに男を受け入れさせられた苦痛。同時に自分も射精していたことを思うと、決して快感がなかったわけではないだろう。けれどそんな記憶は、精神的にも肉体的にも皆無だった。

『私は本気であなたが忘れているのか、試しただけです』

『詐欺じゃないか』

『詐欺ではありません。取引です』

ひんやりとした冷気を漂わせながら不敵に飛高が笑った。体温を感じさせない笑み。死神か悪魔のようだと思った。

そしてその翌日、議員の息子が覚醒剤所持の現行犯で逮捕されるという事件があった。政治家とつながっていた、中華系の密売人が逮捕されたところをみると、あのときに飛高が仕入れた情報が元になったのだろう。

──一体……あいつは誰の命令で動いているのか。どの幹部があいつを引き抜いたというのか。

天才的な鑑識。それだけではなく、警視庁内の何者かの命令で動いているとは。

その後、現場で飛高とは何度か顔をあわせた。あの夜にあったことなど忘れたかのようにしていたが、すれ違いざま『そのうちまた連絡します』と言われた。

本気かどうか。もしまた関係を求められたら……。一度だけなら狂犬に噛まれた……くらいに思いこむことも可能だが、ずるずると続けてしまってはそういうわけにもいかなくなる。

どうすればいいのだろう。と思ったとき、階下から母の声が聞こえてきた。

「理史《さとし》、早く食事しなさい。もうお昼よ」

そんな時間か。朝海は法事用のスーツを身につけ、いつもは整えない前髪を整え、リビングにむかった。すると隣室の和室で母と姉が黒い和服を身につけ、慌ただしく数珠や袱《ふく》紗《さ》を取りだしていた。

「理史、母さんと美幸《みゆき》とで、先にお寺に行って準備をしているから」

息子に気づき、母が声をかけてくる。

「もう?　まだ昼過ぎじゃないか」

眉をひそめ、朝海は壁にかかった時計を一瞥した。

「お父さまはもうお寺に行っているわよ。遠方からいらっしゃる方も多いので、早めに準備をしておかないと」

母がそう言ったとき、廊下のむこうから兄の頼人《よりと》が顔を出した。

「理史、こっちにきて昼飯を食え」

「兄さん、夜のうちに帰ってきていたのか?」

食卓に行くと、兄の頼人がコーヒーをカップに注いでいた。

「いや、今朝きたんだ」

綺麗にオールバックにした髪、メタルフレームの眼鏡がよく似合う理知的で整った目鼻立ちをしている。朝海とは違い、紳士然とした落ちつきと、夜明けの街のような静けさを孕ませた男だ。

階級は警視正。完全なキャリア。今は神奈川県警警察本部の地域部長をつとめているが、近いうち警視庁刑事部の参事官になるという話らしい。兄弟ということもあり、顔立ちや声に加え、仕事への徹底ぶりが似ているということで、二人をセットにして『綺麗過ぎる鬼畜兄弟』と噂している奴らもいる。

「少し見ないうちにまた痩せたんじゃないか」

席につくと頼人は目をすがめ、じっと弟を見つめた。

「別に」

黒い上着を壁にかけたあと、朝海は席についた。

白ご飯に焼き海苔《のり》、ワカメと豆腐の味噌汁、焼き鮭《さけ》、牛そぼろ、だし巻き卵、漬け物、野菜の煮付け……という典型的な和食が用意されている。

和風の邸宅だが、食卓とリビングは白で統一された清潔な洋間となっている。母の活けた花や、印象派の絵が飾られ、さわやかで明るい空気に包まれている。

「この前の西荻《にしおぎ》の歯科医一家の事件はご苦労だったな。おまえの暴挙一歩手前の辣腕《らつわん》ぶりをあちこちから耳にしたぞ」

「いつの話だ」

「有名な事件で話題になったからね。先週の銀座《ぎんざ》の事件はどうなった。厄介な強姦致死事件があっただろ？」

あいかわらずの上から目線な質問だ。兄のこういう態度には慣れているが、時々、自分が理由もなく尋問されている気になってしまう。

「銀座のは強姦致死ではなく、強姦殺人だ。性交中に首を絞められて殺された。圧迫痕、眼球に残った縊血点《いっけつてん》、死斑《しはん》、膣内に残っていた裂傷……無残な死体だった」

「犯人は、近所に住む男だったんだって？　客の何人かと同僚のホステスが金銭トラブルで、当初は同僚が犯人かもしれないと疑われていたと聞いたが」

「犯人はむかいのアパートに住む二十代前半のフリーター。駅前で何度か仏さんを見かけて目をつけていたらしい。逮捕の決め手は、奴が塗装工のバイトをしていたときの塗料と皮膚の一部が、仏さんの爪から発見されたことだ。抵抗したときについたものだろう」

「むかいのアパートのアカの他人か。まったく接点がない犯人をよく発見できたな。ずいぶん優秀な鑑識が入ったと聞くが、彼の手柄か？」

テーブルに肘をつき、兄は眼鏡の奥からさぐるように朝海を見た。さっきからの執拗な質問はその話題に誘導したかったからか。

「ああ、彼は天才だからな」

事件が早期に解決できたのは、飛高の鑑識のおかげだ。

——この際、性格やセックスを抜きにし、仕事に関してだけをいえば……あれほど頼もしい鑑識は他にいないと思った。

「飛高のことは話題になっている。天才的な鑑識として」

「知っているのか?」

「ずいぶん面白い経歴のようだな。一体、どんな男だ?」

「興味があるのか?」

朝海が眉をよせると、兄は淡々と訊いてきた。

「噂になっている。どういう奴だ? 個人的に話したことは?」

「さあ」

どういう奴かといえば、ただの天才だ。

個人的には、威されて肉体関係を持ってしまった、四年前に知らないうちに犯してしまったことがあるらしいが、今度は俺が抱かれてしまった——と言えば、この鉄仮面の兄の表情も少しは崩れるだろうか。それともいつも通り、静かに聞き流すだろうか。

「紹介してくれ」

兄が身を乗りだしてくる。朝海は口元を歪めた。

「あんたの仕事と関係あるのか？」

「そういうわけではないが、おまえの上司の月山《つきやま》、彼がさぐっていたらしい。彼を警視庁に引き抜いた幹部が誰か知りたいと。それで気になって」

「係長が？」

ライバルだから気になるのか？　それとも。

「月山は、私には因縁のある相手だ。彼が何の目的で飛高をさぐっているか知りたい。月山が単独で動いているとも思えん。理史、月山の裏に、誰がいるのかわかったら私に連絡をくれ」

あいかわらず高圧的な物言い。朝海はコーヒーカップをテーブルに置いた。

「スパイのようなことを、俺が？」

「いいから、わかった時点で私に連絡してくるんだ。理由はいずれ話してやる」

「理由も話せないのに、俺を使うな」

この兄は昔からそうだ。たかが三歳しか違わないというのに、幼稚園の頃から今日までずっと兄貴面《づら》をしてくる。

「あいかわらず生意気だな。泥臭い現場で這い回ってるノンキャリの分際で」

朝海は冷笑を返した。

「同じ言葉を返す。キャリアはキャリアらしく、現場の仕事に口だしせず年金の計算でもしてろ」

兄は肩を竦めて嗤った。

「とにかく月山の人間関係がわかったら教えてくれ」

「気がむいたらな」

話を引き延ばすのがイヤで、朝海は適当に答えておいた。だがそんな朝海の心意が伝わったのか、兄は意地悪く眼鏡の奥の目を細めた。

「いいかげんな返事をするな。私は真剣に頼んでいるんだぞ」

「なら、自分で調べろ」

「調べたいのは山々だが、おまえのほうが月山にも飛高にも近い位置にいる」

「月山係長のことはともかく、飛高のことは無理だ。捜一の連中は、鑑識とは必要以上に親しくならないようにしている」

「……理史、では、この件と喜代原《きよはら》の死との間に関係があるとしたら?」

朝海はちらりと横目で兄を見た。

——喜代原の死と?

あれは犯人も捕まり、裁判も終了した。犯人は懲役十年が言い渡され、今もどこぞの刑務所で服役中だ。

「彼がただの殉職じゃなかったとしたら?」

なにが言いたいのか、この男は。

兄の思わせぶりな問いかけに答えを示さず、朝海は目の前の味噌汁を喉の奥に流しこんだ。漬け物、だし巻き卵……と放りこみ、黙々と口を動かし、兄の次の言葉を待った。

「理史、喜代原を殺した犯人の裏に黒幕がいたとしたらおまえはどうする」

朝海は眦をあげ、兄をじっと凝視した。視線を絡め、兄は眼鏡の奥の目を細める。朝海は舌打ちし、居丈高に返した。

「たとえばそうだな、彼の遺体から出てきた成分を……もう一度、その飛高という鑑識に調べさせてはどうだ。なにか新しいことがわかるかもしれない」

「一体、なにがしたいんだ、あんたは」

「おまえが、今もまだ彼の死にこだわっている気がしたから提案してみただけだよ。そうすればもっとくわしく事件の全容がわかって、彼と関わっていた暴力団も一斉に摘発できるかと思って……」

「もういいっ!」

朝海はバンと掌でテーブルを叩いた。冷ややかにその様子を見つめ、兄は口元に笑みを浮かべる。

「やり方が汚ねえな。だが、俺はそんな話には乗らない。どうせ暴力団を摘発して、あんたの手柄にしたいだけだろ」

「私はそんなつもりはない」

「もういいんだ、背後に黒幕がいたとしても、暴力団が摘発できたとしても、警察内での勢力抗争よりも俺には大事なことがある。目の前の事件を迅速に解決するのが俺の仕事だ。……喜代原は死んだ、その事実に変わりはない。犯人の裏の人間関係なんて耳に入れる必要はない」

「おまえは喜代原の無念を見過ごすことができるのか…」

その言葉に、朝海は兄を睨みつけた。

「なら、あんたが現場で指揮をとれよ。喜代原のことは……あんただってよく知っていたくせに、さっきから白々しいことを」

「よくは知らない。喜代原のことは……おまえのほうがずっとくわしいだろう」

兄から喜代原の名を聞くと、躰の奥底でドス黒い感情が芽生える。

喜代原は、兄の情報屋だった。それを暴力団に気づかれ、反対に利用されたのだろう。その結末があの悲劇的な死——表向きは殉職となっているが、実際はそうではない。

——いや……あの死を招いたのは、俺の鑑識ミスだ。最初のガイシャを自殺と判断した俺の初歩的ミスだ。

後悔の念が湧くたび、全身の血が逆巻き、内側で煮え立っていく。

あのとき、こうすればよかったという念、そして苦痛。

そう、その胸の痛みに支えられて今の仕事に打ちこみ、四年の間に次々と成果をあげていった。喜代原の死がなければ『鬼』という仇名はつかなかったかもしれない。

「俺は仕事に私情を入れる気はない。喜代原の死に警察幹部が絡んでいて、それをうちの係で担当することになれば捜査に励む。それだけのことだ」

「冷静な奴だな」

兄は意味深な笑みをみせた。

「仕事に私情を絡めるとミスを招く。刑事の基本理念だ」

鋭利な視線をむけた朝海を、兄はじっと見据えた。まじまじと凝視したあと、ふっと口角をあげ、兄が苦笑する。

「そうだ、理史、この間、叔父さんが持ってきた縁談、断ったんだって？」

兄はコーヒーをもう一杯淹《い》れ、思いだしたように言った。急に話題を変えたのは、これ以上話をしても無駄だと思ったからだろう。

「ああ」

「もったいない。警視庁幹部の娘との、めったにないいい話だったのに」

「あんたこそ先に身を固めろよ」

「叔父さんは、現場で危険に身を晒しているおまえの行く末を心配して、わざわざ縁談を持ってきてくれたんだぞ」

「気遣いは無用だ。俺は好きで今の道を選んだんだぞ」

「好きで、現場……か。キャリア試験に合格しておきながら、つくづく変わり者だよ、おまえって奴は」

変わり者。確かに兄の目にはそう見えるだろう。ふたりはまったく価値観が違うのだろう。

「そろそろ我々も法事に行く準備をするか」

兄がそう言って立ちあがったそのとき、朝海の胸に入れていた携帯が振動する。見れば月山からの電話だった。電話に出ると、せっぱ詰まった声が聞こえてきた。

『朝海、事件だ。すぐに新宿歌舞伎町《しんじゅくかぶきちょう》にきてくれ』

「待ってください、今、実家に帰ってきていて」

『そうか、法事だったか。そこからだと一時間はかかるな』

『ええ」

『では一時間でこい』

「了解しました」

携帯を切ると、朝海は兄を一瞥した。

「行くのか」

「父さんによろしく伝えておいてくれ」

「ああ、楽しくおまえの悪口を聞いてくるよ」

兄はポンと車のキーを朝海に手渡した。イルカのキーホルダーにくっついた車のキー。首をかしげると、兄がぼそりと呟く。

「スペアキーをもっている。あとで私が取りにいくから、駅前にあるうちの駐車場にそのまま乗り捨てておけ」

「わかったよ」

キャリアの強面刑事がイルカのキーホルダーか。

そういえば、兄は、昔から水族館が好きだった、この男も人間だったのか……と思いながらも、それ以上は深く考えず、朝海は駐車場へとむかった。


午後二時過ぎ、朝海は事件現場に到着した。

呼びだされた場所は新宿歌舞伎町にある小さな雑居ビル。何軒か店舗が入っているが、ロープが張り巡らされ、警察関係者以外が入れないようになっていた。

まわりには幾つもの捜査車輛《しゃりょう》。二十人近い鑑識が現場のチェックをしている。

週末の午後ということもあり、野次馬が多く詰めかけ、テレビカメラもまわっているせいか、捜査員たちは殺気だっていた。

白手袋を嵌め、捜一のバッジをつけて朝海が現場に入っていく姿に、記者たちが「現れたぞ、捜一の鬼が」と囁くのが聞こえる。

もともと刃物のようなオーラとシャープな風貌で目はつけられていたらしいが、西荻《にしおぎ》の歯科医一家殺人事件、この間の銀座ホステス強姦殺人事件……と、世間の注目度の高い事件を立て続けに解決したとして、朝海の存在は記者たちの間で一気に有名になっているそうだ。あいつが関わると、確実に犯人が挙がる……として。

現場に行くと、先にきていた捜査一課の刑事たちが深くため息をついていた。

「思ったよりも早かったな」

月山が腕を組み、遺体を見下ろしている。その傍らには飛高。

——飛高……。

あれ以来、何度も事件現場で顔をあわせている。別に気まずく思うつもりはないものの、何となく視線を逸《そ》らしてしまう。

「法事の日に、悪かったな」

月山は朝海の黒い喪服を一瞥した。

「いえ」

かえってよかった。警察キャリアや国家エリートばかりの親族の集まりは好きではない。

名誉を貪るような奴らと話をしていると、祖母が亡くなる前のことを思いだし、心がささくれそうになるのだ。

その日、殺害されたのは、ホストクラブの雇われ店長だった。

年齢は二十八歳。腹部を刺されたあと、さらに焼死させようとしたのか躰の半分が焼け、あたりにはボヤがあった痕跡も残っている。

「イケメンも台無しだな」

「扼殺《やくさつ》のあと、焼死に見せかけようとしたみたいですね」

朝海は飛高の動きを確認しながら月山に耳打ちした。

ラウンジの中央に置かれた巨大なシャンパンタワーが猥雑《わいざつ》なライトの明かりを虚しく反射している。

「客とトラブっていた様子が監視カメラに残っています。現場におちていた遺留品とこの人物の持ち物が同じかチェックしたいんですが…」

新宿署の刑事が歩み寄ってきたそのとき、飛高がすくっと立ちあがり、マスクを取って月山に声をかけた。

「この遺体、この前、ホテルで見つかった男女の事件と関わりがあるかもしれません。解剖にまわしてください」

「え……」

「彼もかなりのデスクワーカーです」

飛高の言葉に、署轄の刑事たちの間に笑い声が響いた。

「おまえ、バカじゃねえのか、彼はこの店の店長なんだぞ、デスクワーカーのわけがないじゃないか」

「職業が何なのかは関係ありません。私が気になったのは、大量の文章を手書きしているような、この右手の中指と親指にある真新しい隆起です」

飛高が淡々と説明していると、組織対策課の大森《おおもり》という課長が現れた。

「待て、ここは我々が以前から中華系の組織『黒龍幇《ヘイロンバン》』との関係で目をつけていた店だ。凶器として使用された短刀には犯人の指紋や体液が付着しているようだが、我々のほうでDNA鑑定をすすめたい。めぼしい中国人がいるんだ」

黒龍幇……。

その組織名に朝海は眉をひそめた。例の中華系の、あの居酒屋と関係のある……。

そしてこの間、飛高が得た情報をもとに逮捕されたのは、その組織のさらに末端にある組織に所属する密売人だった。

訝しく大森を見た朝海の横で、飛高が彼に声をかける。

「課長、この被害者は覚醒剤やってますので、中華系の組織から購入している可能性もありますが、今回の犯人は日本人です。身近な人間を洗ってください」

課長はむっとした顔で眉間に皺をよせる。

「何なんだ、この生意気な新米鑑識は。おまえの仕事は現場のチェックだろう。捜査に口だしするな」

「根拠があります、これは……」

飛高は説明を続けようとしたが、大森はそれ以上を言葉にさせなかった。

「いいから、こっちに任せろ。科捜研でＤＮＡの鑑定をしてもらえ。捜一の皆さんは、そういうわけで、ご苦労さまでした。今回はうちで預かりますので」

結局、組織対策課に現場を仕切られることになり、月山は申しわけなさそうに言った。

「すまなかったな、朝海、法事中に呼びだしたのに。組対の連中がずっと目をつけていた店らしい。捜査一課は顔を出すなと、さ」

「いいえ、それで済むなら」

とにかく黒龍幇のことが気になる。暴力団の摘発を主とする大森に、今回の事件をいいように扱われるのも腹立たしい。

自分のほうでも少し調べておこう。そう思って、コートを腕にかけてエレベーターに乗りこむと、そこに立っていた長身の男とドンとぶつかった。

「あ、すまない」

「いえ」

耳に飛びこんだ低い声。ふりむいた男の顔を見て、朝海は露骨に眉をよせた。

――飛高……。

こちらの視線に釣られたかのように、わずかに眉間をよせた眼差しで飛高は朝海に視線をむけた。

「他の鑑識は？　もう帰ったんじゃなかったのか」

この間のことはなかったかのように、朝海は普通に話しかけた。変に意識をして、相手にそれを気づかれることのほうが自尊心が傷つく。

「下で待ってます。私は大森課長に伝えないといけないことを思いだしたので、戻ってきたんです」

飛高は前髪をかきあげると、ボソリと呟いた。

「主任、今日の事件はそのうちあなたたち捜査一課が担当することになると思います」

「……理由は？」

「来週早々に科捜研からデータが届きます。そのときに、私の言ったことが証明され、連続殺人事件になるでしょう。そうなれば新宿か渋谷《しぶや》署に特別捜査本部を設置することになります」

「たいした自信だな」

「別に。ただ死体がそう語っていましたので」

「またそれか」

エレベーターが一階につく。そのまま出口にむかおうとした朝海を、ぐいっと後ろから飛高が掴む。

ふりむくと、飛高が小声で問いかけてきた。

「主任、今夜、時間……ありますか。一時間後くらいに」

「今夜?」

見あげると、濃艶な眼差しと視線が絡む。

「また……威すのか」

「場所はどこがいいですか?」

「一回だけと言ったはずだ」

「そんな約束をした覚えはありません」

「俺はまだこのあたりの聞きこみをする。今夜は仕事だ。おまえと遊んでいる暇はない。それより科捜研のデータを早く持ってこい。事件が解決していない間は遊ぶ気にならないんだ」

冗談めかして言ってみた。

「わかりました。鬼ですもんね。仕事なら仕方ありません」

もっと食い下がってくるかと思ったが、意外なほどあっさりと飛高は引き下がった。

鑑識の天才。仕事という言葉を前にすると情欲もなにもなくなってしまうのだろう。

飛高が去っていったあと、朝海はビルの地下に通じる階段に赤い染みがあることに気づき、足を進めた。

血の痕？　事件と関係あるのか、それとも。

白手袋を着け直し、朝海は点在する血痕の痕を追って通路を進んだ。

コンクリートが剥《む》きだしになった通路。赤い染みは、しかし血痕ではなく、ただの錆《さ》びがこびりついていただけだった。

――事件とは関係ないようだ。……駄目だな、地下に続く階段を発見するたび、すぐに喜代原のことを思い出してしまう。

ため息をつき、朝海は階段の上から地下を見下ろした。

暗い地下に続く階段。明かりは消え、細い階段の片側にはビールやジュースの箱の他に雑貨の入った箱の数々。

人一人がかろうじて通れるような階段の下はなにも見えない。

目を凝《こ》らし、闇の底に続く細い階段を見たとき、ふっと躰の底にも黒い闇が広がるような感覚に襲われた。

朝海はビルの壁に手をついた。

パサリ……と手からコートが落ちる。激しい立ちくらみ。視界が闇に包まれていく。

そして今朝の兄の言葉が脳裏に響いている。

『喜代原を殺した犯人の裏に黒幕がいたとしたらおまえはどうする』

どうすると言われても……どうすることもできない。

——喜代原……俺は……おまえの傍にいるときが……本当に幸せで……。

彼と一緒にいると、自分もまた光のなかにいるような感覚を覚えた。

対人関係のスキルが低く、無口で無愛想、その上、強面で凶暴な朝海とは実に対照的な男だった。

さわやかで優しげな外見同様に誰からも好かれ、自然と話しかけたくなる男。

彼を喪ってから、己の想いに気づいた。

どうしようもないほど惹かれていたことを。

あのときのことを思い出すと、足下から冷たい風が這いあがってきて躰を駆けめぐるような寒々しい虚しさに包まれる。この先、自分がどうしていいかわからないような。

ふとしたときに衝きあがってくる感情。自分自身の芯が大きく揺らいでしまいそうな、恐怖と淋しさに噴まれる。

いっそ喜代原のことを忘れてしまえばどれほど楽か。いや、感情のない捜査マシーンとなることができれば。

足下に落としていたコートを掴むと、朝海は発作的にビルを出た。

まわりにいた捜査車輌の脇をぬけ、雑踏にまぎれようとした朝海を、さっと数人の記者が取りかこむ。

「今度の事件はどうですか」

「また犯人を挙げられそうですか」

マイクをつきつけられ、耳元で囁かれる言葉が奇妙なほど鼓膜のなかで歪に響き、余計に気分が悪くなる。

だがこんなところで、自分の状態を知られるわけにはいかない。

「さあ、まだなにも知らないんだ」

さらりと言うと、彼らに背をむけ、朝海は雑踏のなかに入りこんでいった。

白手袋を取り、手にしていたコートを喪服の上からはおる。

新宿歌舞伎町。けばけばしいネオンが灯るなか、週末ということもあり、大勢の人間でごった返している。

この街にくると、どうしても四年前のことを思いだしてしまう。

今、歩いている通りから西武《せいぶ》線の駅に抜ける通りに建つビルの地下で喜代原の遺体が発見された。

あの頃は工事中だったが、今ではネットカフェと飲み屋の入ったテナントビルになっている。

そのビルの方角に背をむけ、朝海は足早に進んだ。

すでに陽は暮れ、呼びこみのホストやキャバクラの看板が目に痛い。魔都といわれても不思議はない、猥雑で無国籍な街という印象が強い。

風俗の店が軒を連ねている。物陰には酔っ払い。一目でヤクを売っているのがわかる中東系の男たち。

道ばたに転がるチラシ、野菜クズのあふれたゴミ袋、パチンコ屋のけたたましいスピーカー音。自動ドアが開くたび、漏れてくるタバコのにおい。

この街にいると窒息しそうになる。喜代原の命を奪った街。

——だめだ……また目眩が。

朝海は指でこめかみを押さえ、壁にもたれかかった。

どうせ酔っ払いだらけの街だ。少しくらいおかしな奴がいたとしても、まわりは気にしないだろう。雑踏にまぎれたまま、誰の目を気にすることもなく、少し休むことができる。

気分がもとに戻るまでここでじっとして。

雑居ビルの間の、申しわけ程度に作られた公園に入ると、朝海は石造りのベンチに腰を下ろした。

そのとき、ふいに自分を凝視する眼差しを感じ、朝海ははっとした。

雑踏のなかから自分を窺うような気配。

朝海は息を殺してあたりの空気を確かめた。仕事柄、危険を感知する能力はそれなりに持ちあわせている。また中華系のあいつらか、それともマスコミか。だが、まわりを見ても誰もいない。警鐘を鳴らしているように思うのは気のせいだろうか。

「――なあ、兄ちゃん」

そのとき、公園の傍らから派手なスーツ姿の男が近づいてきた。髪を金髪に染め、耳に何個もピアスをしている。

「今夜、空いてる?」

「いや」

「いい子がいるんだ、安くしておくからさ。好みは?」

「えっ」

「爆乳、貧乳、ぽっちゃり系、ロリ系、イメクラ……何でもありだよ」

ただの客引きか。「興味ないんで」と苦笑し、立ちあがったときだった。ふいに強い殺気を感じた。

「……っ」

朝海は反射的に一歩あとずさり、自分のほうに伸びていた手を払っていた。カツンと音が反響し、小さな名刺ケースが地面に落ちていく。

――名刺ケース……刃物じゃなかったのか。

一瞬、この間のように中華系の組織が絡んでいるのかと思ったが、そうではなかったらしい、男は名刺ケースを拾って、肩を竦めて笑った。

「兄さん、案外、運動神経いいんだ。なあ、安くしとくからこいよ、そこの『ピンクの猫』って店なんだけど」

名刺を出され、男の手がすっと腰のあたりに伸びてくる。そして男は小声で囁くように言った。

「大丈夫か、顔色悪そうで、さっきからそわそわしてるけど、もしかして、あれがキレてんの?」

クスリのことなのか? 朝海は男の顔を覗きこんだ。

「わかるのか……おまえ……そんなことが」

「まあな。そういう奴……多いし」

適当に手当たり次第にあたりをつけている。そんな感じか。

「うちの店にくれれば、ちょっとくらい相談に乗ってやってもいいぜ。一人や二人、知り合いがいるから」

さぐるような目。密売人との仲介でもしているのか。

その目を見ていると、自責の念や頭痛といったどろどろと鬱屈《うっくつ》したものが朝海のなかから消えていた。

ヤクの仲介。屍肉を貪るウジ虫のような奴がやることだ。殺人犯に対してと同様に、こうしてヤクを平気で売ろうとするような奴にもどうしようもない苛立ちを覚える。

「幾らで？　なにがある？　飛び《トリップ》の強いのはあるか？」

問いかけると、男はニヤリと笑った。

「ああ、混ぜもんじゃないのがそれなりに」

その答えに口元に朝海が笑みを刻みかけたそのとき、ピンクの猫の絵が描かれたけばけばしいビルに数人の中華系の男が入るのが見えた。

この間、渋谷で自分たちを追いかけていた奴らだ。

今、朝海に声をかけている男は、見たところ、ただの純粋な客引きだろう。けれどあの店は、組織と絡んでいる。

迂闊に近づいてはいけない。改めて、もう一度、出直したほうがいい。

「じゃあ、そこのATMで、金、下ろしてくる。今、持ちあわせがないんだ。なにせしがない会社勤めで」

わざと自嘲気味に笑って言ったとき、客引きの仲間らしき大男が近づいてきた。

その顔を見た一瞬、心臓に震えが走る。

タバコを銜《くわ》えた角刈りの大男。

見覚えがあった。渋谷のあの店で後ろから殴りかかってきた男だ。近くで見れば、中華系でなく日本のヤクザということがわかる。

「……俺の顔を覚えてるか？　あんた、マトリなんだろ。あのあと大勢が検挙されたが、あんたの仲間が警察にタレこんだのはわかってるんだぜ」

「……何の話してんだ、警察だと？」

朝海はへらへらとしながら、心底不思議そうに顔をかしげた。

「ああ、違う、この人はこれからうちの店にくるお客さんだ」

金髪男が脳天気に言う。すると大男が鼻で嗤い、朝海の腕を掴む。

「そうか、なら、こいつをすぐ店に連れてって、ブツを試させてみろ。但しその前に身体検査をして、余計なものを持っていないか調べて……」

骨に食いこむほどの強い力にハッとしたとき、脇腹にナイフの切っ先を突きつけられていた。あたりは数人の男に囲まれている。

冷たい汗が一筋、すーっと背筋を撫でていくような気がした。何とかここをやり過ごさなければ、なにをされるかわからない。

ごくりと息を呑んだそのとき、乾いた秋風に乗ってサイレンの音が響いた。パトカーの音が近づいている。すぐ近くのようだ。男たちは、はっと顔を見合わせた。

「やばい、逃げろ」

さーっと蜘蛛《くも》の子を散らしたように公園の外へと散っていく男たち。そのあとサイレンがやんだ。一筋むこうの路地で交通事故があったようで、救急車も続けてやってきた。事故自体は大したことはないらしい。

朝海は事故の様子を一瞥したあと、足早に雑踏に入りこみ、歌舞伎町に背をむけた。

この国は恐ろしい。そう思った。

渋谷の雑居ビルで、セックス用に欲しいと言っただけで、覚醒剤《シャブ》の売人を教えてもらえる。公園で座っているだけで、麻薬を用意してくれると言ってくる。

いつの間にこんなにも非合法なことが当たり前になっているのか。この街のすべてがそうであるとは思わないが。

ふらふらと歩いていると、グイっと後ろから腕を掴まれた。さっきの男かと警戒してふりむくと、飛高の姿があった。

「……おまえ」

「なにやってるんですか、こんなところで」

「……おまえか」

「顔色、悪そうですけど」

「この街にいると気分が悪くなる」

ネクタイをゆるめて路地裏の壁にもたれかかり、朝海は前髪をかきあげた。制服を脱ぎ、上質の焦げ茶色のスーツに、同系色のコートをはおった飛高の姿は、一見、警察官というよりは、商談帰りのビジネスマンに見える。

「さっきの見ましたよ。……世も末ですね、捜査一課の刑事が公共の場で行きずりの男とあんなことをしているとは」

「行きずり？」

「ピンサロの呼びこみに声をかけられ、怪しげな相談をしていませんでしたか」

「バカが。変な想像をするな」

「あなたのことですから、どうせなにか調べるつもりだったとは思いますが、躰を張って捜査とはご苦労なことですね」

「ピンサロの誘惑に負けかけただけだ。爆乳がいるって聞いたから…」

危険な目にあいかけたと言うのもシャクに障る。この前も助けられ、今度もと恩着せがましく思われてはたまったものではない。

「ピンサロの誘惑？　爆乳って……女もいけるんですか？」

突然の飛高の言葉に、まわりの人間が一斉にこちらに視線を投げかける。朝海は飛高の股間をドカッと蹴りあげた。

「バカ野郎、俺はノンケだ。いけるに決まってるだろ」

「う……っ……ひど……また股間を……」

「無防備なおまえが悪い」

朝海は冷たく吐き捨てた。顔を歪め、飛高は非難するような声で言った。

「……使い物にならなくなったらどうするんですか」

「医者だろ。てめえで治せ」

背をむけ、朝海は早足で歩き始めた。

「あ、それは大丈夫です。あなたがしゃぶってくれたら、すぐに治ると思いますので」

背後から聞こえた声に、はたと足を止めて朝海はふりかえった。

「この変態……もう一回、蹴られたいのか」

舌打ちし、胸ぐらを掴む。冷笑し、飛高は一歩あとずさった。

「いえ、遠慮しておきます」

「なら、余計なことを口にするな」

ドンとその躰を突き飛ばし、朝海はすたすたと路地を進みながら大通りへとむかった。

後ろから近づき、飛高が肩に手をかけてくる。

「待ってください、大切な話が。そこに車を停めてあるので」

「仕事の話なら、明日、本庁で聞く」

「違います、さっきの言葉です。本気ですか？　主任、本当にピンサロで、女を相手にしようとしていたんですか」

「どうだっていいだろ」

「よくありません」

「おまえには関係のないことだ」

「関係あります」

ぐいっと信じられないほど強い力で腕を引っぱられる。あまりの勢いに驚いた瞬間、路肩に一時停止されていた紺色の車の助手席に押しこめられた。

「ちょ……飛……」

なにをするんだと抵抗しようとしたが、ズキンと頭が痛んだ。頭痛がぶり返すのを感じ、朝海はネクタイをゆるめてそのまま助手席に背をあずけた。

もういい、知らんぷりして駅まで送らせよう。土曜の夕刻、人通りは一刻ごとに増えている。この頭痛、さっきの目眩。このまま雑踏に入りこんでいく気力はなかった。

「主任……私がいるのにどうして爆乳によろめいたりするんですか」

運転席に座ると、飛高は鋭い眼差しで朝海を睨みつけた。舌打ちし、朝海は呆れたように肩で息をつく。

「気持ち悪いことを……おまえと特別な約束をした覚えはないぞ」

「でも私は誰とでも寝るような男とは関係を持ちたくありません」

「なら、俺なんてやめておけ」

「だめです、あなたがいいんです。喜代原刑事の身代わりになりますから、他の人と変な真似をするのはやめてください」

「この躰は俺のものだ。おまえに文句を言われる筋合いはない。俺だって壊れるくらい遊んでみたいときがある。そんなときに呼びこみに声をかけられただけだ」

「どうしたんですか、らしくない」

「これが俺だ。だいたいおまえはどれだけ俺を知ってるって言うんだ。今夜は誰かと遊びたい気分だったんだよ。刑事だって人間だ」

「それなら、私ととことん遊んでください。お望みなら、お望みのままに遊び相手のつとめを果たしますので」

「喜代原の代わりだの、遊び相手のつとめだの、おまえにはプライドがないのか」

がしがしと頭を掻き、朝海は呆れたようにため息をついた。

「プライドなんてどうでもいいです。私はあなたが欲しいんです」

「俺の躰なんて……男と寝たいなら、もっと若くて、綺麗なのを相手にしろ」

「違う、私が欲しいのはあなたの躰ではありません。男と寝たいわけでもありません。欲しいのはあなたのすべて。あなたの命をも」

静謐《せいひつ》で、凛《りん》とした声。しかしその言葉の激しさに朝海はぎょっと目を見開いた。

「命も……だと」

声が震える。飛高は淡々と続けた。

「いえ、すでにあなたの命は私のものでした。だって、あなたをあの世からこの世に戻したのは私なんですから」

言葉の意味がわからない。朝海はさぐるように上目遣いで見た。視線を絡め、飛高はこれ以上ないほどの艶笑を浮かべる。

「四年前、死にかけたこと……覚えていないんですか」

死にかけた？　四年前？　あのときのことか。酒と睡眠導入剤をごちゃ混ぜにのみ、病院で目を覚ました。数日は意識が混濁していたが。

「……病院で目を覚ましたときのことか？　どうしておまえがそれを知って……」

「あのとき、あなたを蘇生させた医師は私です」

「何だと……」

「私にもたれかかり、倒れこんだとき、あなたは息をしていませんでした」

「待て。話が見えない。四年前、俺は酔っ払って……おまえを……喜代原と間違えて犯したんじゃなかったのか。そのあと薬を飲んで意識を失ったんじゃ」

朝海は身を乗りだした。

この間と話が違う。どういうことなんだ。

「犯しましたよ。いきなり押し倒してその口でしゃぶってくれました」

「俺は、直接、おまえに突っこんだんじゃなかったのか」

「そういう経験もいいかなと思いましたが、残念ながら、あなたは……睡眠導入剤と酒でふらふらしていましたので……私の上で意識を失ってしまいました」

朝海は絶句した。では……俺は犯したのではなかったのか。バカなことをしていなかったことにホッとしたような、まんまと騙《だま》されたことに腹立たしくなるような……己の感情を冷静に分析できない。ただ呆然とすることしか。

「つまりおまえは俺を騙して、この前の夜、いいように犯してくれたわけか」

「いえ」

「じゃあ、どうしてあんな嘘をついた。あっさり騙され、おまえに尻《しり》を差しだした俺を嘲《あざ》笑《わら》ってたんだろう」

「とんでもない。嘘はついていません。あなたに犯されたのは事実です。いきなり初対面の男にフェラをされたんですよ。しかもあのとき、私はまだ二十歳過ぎの若さ……なにもかも初めての経験でした」

初めて……。しかも二十歳過ぎを押し倒してフェラ……。確かに……それでは強制わいせつ罪に問われても仕方ないかもしれない。

「そのときの復讐が……この間のあれか」

「復讐ではありません、ただ……本気であなたが欲しかっただけです」

「本気だと。ふざけんな」

「本気です。でなければ、あなたを追って警視庁に入ったりはしません」

「俺を……追って？」

朝海は眉間に皺をよせた。

「あなたは言いました。自分が法医学の資格のある検屍能力の高い鑑識だったなら喜代原を助けられたと。私はそのとき、あなたと約束しました、当時、私は法医学のプロの道を歩んでいる途中でした、次に会うときまでに検屍のできる鑑識になり、あなたと一緒に現場で働くと。私が喜代原刑事の代わりになると。あなたは喜んでくれました。それなのに……あなたは鑑識にはいなくて、捜査一課にいて、しかもすべて忘れてしまって」

俺はこの男にそんな話をしたのか？　まったく覚えていない。だが、自分が天才的な鑑識なら……と、あの当時、そう思っていたのは事実だ。

「おまえは……何者なんだ」

「天才です」

「それはわかってる。そうじゃなくて……」

ああ、自分でなにを尋ねているのだろう。一体、この男のことをどう捉《とら》えればいいのかよくわからない。

「私はあなたのそばにいたくて……日本の警視庁からの誘いに乗ったんです」

「では、おまえは俺に会うために？」

朝海はごくりと息を呑んだ。なぜか胸がさざ波だった。

「そう、あなたを二度と死なせないために、私は喜代原刑事があの世から送りこんできた彼のクローンなんです」

「まさか」

「彼のDNAを使って、彼そっくりに作られたのが私です。私は科学によって生み出された生き物なんです」

にこやかに微笑する飛高。その笑みの冷気と仄昏《ほのぐら》さに、朝海は圧倒されたように硬直していた。

「私はあなたを護るためだけに、この世に存在する生き物なんです」

静かな口調だが、どこか祈るような、縋《すが》るような情念が込められている。朝海は瞬きを忘れ、その端整な男の顔に見入った。

無機質な風情の男。知的さと怜悧さの奥から、ひんやりとした空気が漂ってくる。それは科学によって生み出された生き物だからか？

――バカな……。本当にそんなことがあっていいのか。

じっと息を詰めたままの朝海を、琥珀色の双眸が凝視する。

「あなたから拒まれると、私はこの世から消えるしかないんです」

信じがたい言葉。だがわけもなく、胸が震える。

ふいに躰の奥が甘く疼くような感覚。

本当にこの男は自分のためだけに存在するのか？

呆然としている朝海をしばらく見つめたあと、飛高はふいに声をあげて笑い始めた。

車内に響く高笑い。えっと眉をよせた朝海に、飛高は呆れたような眼差しをむけ、ポンと肩を叩いてきた。

「まさか」

はっとした朝海に、飛高は眼鏡の奥の目を細めて艶やかな笑みを見せた。

「冗談に決まっているじゃないですか。本当にそんな生き物ならＦＢＩが私を手放したりしませんよ」

おかしそうに笑う飛高。ふだんは無表情な男が子供のように楽しそうに笑っている。それがあまりにも無邪気なせいか、朝海は怒りよりも脱力感を覚えていた。

「おまえ……もう一回、蹴られたいんだな？」

拳でその腿をゴンと叩き、コートの下の股間を一瞥すると、飛高はさっと口元から笑みを消した。

「それは遠慮します。これからあなたに奉仕する大切な器官なので」

「ふざけてんのか」

「いけませんか？　またあなたを望んだら」

朝海は押し黙り、じっと飛高を見た。さっき、一瞬、この男に感じた胸の疼き。あれは何だったのか。

「どうして……おまえはそんなに俺を……」

声がうわずる。

自分らしくもないが、官能的な誘いに躰のどこかが疼いていた。

「……すべて話します。あのときあったことも、私の気持ちも。ついてきてください」

飛高は車を発進させ、夕闇に包まれた大通りへと進んだ。

すべて……。なにを話してくれるのか。このままついていっていいのか。

今夜一緒に過ごすことになってしまうのか。

なにもわからないまま、それでも抗う気は起こらず、朝海は運転を続ける飛高の横顔をじっと見つめていた。

## 5　過去と現在

連れて行かれた先は、東京湾近くの瀟洒《しょうしゃ》でモダンなホテルだった。オフィス街とも官庁とも違うこのあたりは知りあいに会うことが少ない穴場だった。

二つ並んだベッド。飛高《ひだか》はなかに入ると、冷蔵庫から水を出して朝海《あさみ》に手渡した。ペットボトルを掴み、朝海は戸口に立ったまま問いかけた。

「……教えてくれないか、四年前のことを。ちゃんと正しく」

ネクタイをゆるめると、飛高は鏡の前に朝海を立たせた。

「いいですよ」

壁一面の鏡。ソファと寝台、それに照明だけの部屋の中央に、喪服姿の自分とダークブラウンのスーツ姿の飛高が映る。

「あの日もこんなふうに喪服を着ていましたね」

「ああ、あの日は、喜代原《きよはら》の四十九日だった」

寺から帰ろうとしていると、喜代原の母親に呼び止められ、小さな骨壺を渡された。喜代原の骨の一部だという。

彼の手帳に『死んだときは、朝海さんの手で海に還して欲しい。大好きな海に。ここにある思い出の品と一緒に』と記されていたと言われ、そこに挟まれていた水族館の半券とイルカの形をしたブックマークを一緒に預けられたのだ。

朝海は半分だけ海に散骨したあと、ふと思うことがあり、それをやめた。

兄に彼とつながっていた暴力団について電話で尋ねたあと、朝海は彼の骨を残しておくことにしたのだ。

喜代原のことを心のどこかで信じたい気持ちがあったからだ。彼は暴力団とつながっていたわけではない。その死にはもっと深い理由がないか。

もう遺体は荼毘《だび》にふされてしまった。

今さら、検屍することはできないが、葬儀のときにこっそりと切り取っておいた彼の毛髪と爪、それから散骨用にもらった骨。

いつか科学がもっと発展したとき、彼の死の深層部分を追及できるのではないか……という儚《はかな》い思いを抱いて手元に残しておいたのだ。

今もそれは朝海の自宅の机の傍らにある小さな冷蔵庫のなかに保存されている。

「法要のあと、俺は散骨に行ったが、気が変わって……兄に電話したあと、急に彼の死にやりきれない気持ちが湧いてきて……そのあと酒を飲んだところまでは覚えているんだが、それからあとのことは覚えていないんだ」

「あの日、私はあなたのかかりつけの医師の医院にいた。彼は、家族のいない日本での私の身元引受人だったので。学会のため、来日していた私は彼のところに寄り、しばらく仕事を手伝うことにしたんです。あなたは医院のなかに入り、私を見るなり、『喜代原』と驚いた顔で言って、ひどく動揺しました」

「だろうな、法要の帰りにおまえに会ったのだとしたら……幽霊でも現れたのか、喜代原が生き返ったのか……どちらかだと思ったのだろう」

「私はそこであなたと酒を飲み、気がつけば押し倒されていて」

顎を掴んでいた手で朝海の前髪を梳きながら、飛高はシャツをたくしあげ、脇腹にするりと手を滑らせてきた。

「……っ」

長い指の先で筋肉の筋をなぞられ、朝海は息を殺した。

「あなたはひどい罪悪感で自分を責めていて、酔っていたせいもありますが、私を喜代原さんと間違え、この手で殺してくれと懇願してきたんです……」

「俺が……?」

「あなたは喜代原刑事に赦されたいと願っていた。私を彼の代用にして、赦されようとしていました」

飛高が胸に手を滑らせてくる。尖りに触れる指。朝海は上目遣いに飛高を見あげた。

「俺がそんなことを？」

じっと鏡のなかの目を細めて見ていると、彼は静かにうなずいた。濡れた焦げ茶色の髪の隙間から、濃艶な眼差しが自分をとらえている。

「あまりにもあなたが必死に喜代原刑事を求める姿に……こんなふうにあなたから愛されたいと思うようになりました。身代わりでもいい、贖罪の相手でも何でもいいです。私はあなたが欲しくなった」

冷たい笑みに、なぜか釣られたように朝海の口元にも笑みが浮かぶ。

「どうして」

「言ったでしょう、あなたに会うまで……私の人生はモノトーンだったと。本当に色がなかったんです。人とまともに話すこともできなかった。でも何故か、あなたが喜代原さんと間違えて私に話しかけてきたことで……私は……家族を喪って以来……初めてまともに他人と話をすることができ、目の前の世界も色を取り戻した」

彼は後ろから朝海の顎に長い指先を伸ばしてきた。朝海はごくりと息を呑み、上目遣いで鏡に映る男を見あげた。

「それは……たまたま出会った相手が俺だったからだろう。他にもっとふさわしい相手がいるはずだ」

「いえ、ダメなんです。勿論、それも考えました。でも誰にも心が動かなくて。あなただけなんです」

首筋に触れる吐息。背中に伝わる体温。

「私にも血が通い、他人と触れあうことのできる人間だとあなただけが実感させてくれた。それは私には世界に色彩が加わるほどの大事件だったのです」

胸の奥がずくりと疼いた。

この男は狂っている。その典型だと思った。

幼いときの戦争の悲惨な体験でどこか歪になってしまったのだろう。それゆえに鑑識というひとつの道にかけては天才的な能力を持つ。

だがそれゆえに他の部分で普通の人間ならできるはずの日常生活やコミュニケーション能力が欠落している。

「……いいのか……俺は喜代原と間違え、彼の死への後悔からおまえを求めたんだぞ」

ぽつりと呟くと、彼は目を細めて微笑した。

「それがいいのか悪いのか、哀しいことなのかさえ私にはよくわかりません。ただ身代わりでも、あなたが私のものになるならそれでいいんです」

わからない、彼の気持ちが。

尤も当然といえば当然だろう。彼は天才であり、彼はそれゆえの欠陥人間だから。いたってまともな神経の朝海に、彼のことが理解できるわけはないのだ。

ただこの気持ち……自分の気持ちだけを見つめれば、朝海は心のどこかでこの男に惹かれている。

喜代原への懺悔、身代わり……というわけではなく、この男が他の人間とは違い、血が通っていなさそうな機械的な男だから惹かれている。

変わり者の天才、思考がずれ、物事の感覚が誰とも違う。そのせいか居心地がいいのだ。この男の無機質さ、クールさが。

尤も、それを言うと、まるで自分がこの男に執着し、恋愛しているみたいなので口にする気はないが。

「俺は……おまえを喜代原の身代わりとしてしか見ることができないぞ」

嘘だった。本当は惹かれている。少しだけこの男と触れあう関係になってみたい。だが、ふたりの立場を考えると、本気の深みに入りこむわけにはいかない。

「私はそれでもいいです。もともと恋情やそんなものはよくわからないので。ただあなたが私だけのものでいてくれたらそれでいい」

自分は捜査一課の刑事で、彼は天才的な鑑識。しかも彼の背後に誰か大物幹部がいる。そんなふたりが本気の関係にはなれない。けれど。

「ゆるくて、心地のいい関係。気がむいたら寝て、気がむいたら離れられるような……大人の関係でいいなら……お互いに飽きるまで、セックスの相手くらいしてやるぞ」

自分勝手な理屈だと思いながらも、自分の言葉に全身が総毛立つ気がした。

「本当ですか」

飛高がうっすらと微笑し、朝海の顎を掴む手に力を加える。静かにふりかえらされ、

「約束です。飽きるまで相手してください」と呟き、飛高が顔を近づけてきた。

「ん……っ」

熱っぽい唇から漏れる薬品のにおい。その科学的な香りに、背筋がぞくりとする。

この男にぴったりの冷たい香りだ。それがとても心地いい。罪悪感も後悔もすべてを凍りつかせてくれるような気がする。

「胸……弄られると、いいんですね」

するりとシャツをたくしあげ、入りこんできた冷たい指先が乳輪に触れる。爪の先で乳暈をなぞられ、躰の奥がぞくぞくした。

「飛高……っ……ん……っ」

どうしたのか。肌がざわめき、胸の粒が隆起して男の指を押しあげる。

「感じやすいんですね、ここ」

鏡に映った美しい顔の男。ホテルの窓辺の薄明かりがふたりを淡いオレンジ色に染め、重なって立つふたりの姿をくっきりと鏡に映し出している。

ぎゅっと指先で乳首を揉《も》まれ、下肢のあたりに鈍い痺れを感じた。

「……っ」

「私はアメリカの優秀な法医学者の常として、精子バンクに精子を提供していますが、こんなふうに誰かと関係を持ちたいと思うのはあなただけです」

飛高が胸をまさぐっていた指先に力を加えてきた。小さな胸の粒をぐりぐりと指でねじりつぶされるうちに、かつて味わったことのない疼きが下肢に広がり、強い快感が全身に広がっていく。

「ん……あ……っ」

息があがっていく。耳朶《じだ》を吸われながら胸を嬲《なぶ》られているだけなのに、朝海の下肢は妖しく形を変え始めている。

まずい、このままだとズボンのなかが大変なことに……と思った矢先、腹部をなぞっていた飛高の手が下着の間へとすべり落ちてきた。

「……飛高……っ」

するりとファスナーのなかに手が入りこみ、飛高が耳元でくすりと笑う。

「ずいぶんお元気なんですね、もうこんなになって」

そこはぐっしょりと濡れていて飛高の指を濡らしていた。

「ふざけ……んな……くそ……」

「こんなにいやらしい躰をお持ちとは。あなたほどの刑事が年下の男に触られ、こんなふうになっていると知ったら、署轄の連中が狂喜するでしょうね」

「……るさい」

「嗜虐《しぎゃく》的な性格で有名な鬼畜刑事。だけど肉体は被虐《ひぎゃく》を求めている。そのアンバランスさに私は惹かれています」

「くっ……殺すぞ」

「どうぞ。その前にあなたが快感で大変なことになりそうですけど」

指に力をこめられる。カッと腰に電流が走ったような痺れが広がり、思わず躰をよじってしまう。

「……あぅ……っ」

「さあ、鏡を見てください。思いだしてきましたか?」

うながされ、うっすらと瞼を開け、正面を見る。

「……っ」

腿の半ばまでズボンがずり落ち、男の手のなかで育ったペニスがとろとろの露《つゆ》を漏らしている。

たまらず瞼を閉じたとき、ぎゅっと男の手に根元をにぎりしめられた。

「あぁっ!」

迫りあがってくる快感。強くにぎりしめられ、先端の割れ目に手荒なほど激しく刺激を与えられる。

とろとろと躰の中心から熱い雫が滴《したた》り落ち、閉ざした内腿の隙間をあたたかいものが濡らしていった。

「う……ん……やめろ……な…ああっ」

上下に扱《しご》かれていく。自分の影が壁に刻まれ、彼の動きにあわせたかのように淫靡に揺れている。それに、ぐちゅぐちゅとした濡れた音が恥ずかしい。

「いいですね。もっと感じてください。あなたの熱に触れると……私は生きていると実感するんです」

飛高の息がうなじに降りかかり、ぞくぞくする。

「ふ……あ……っ」

耳朶を甘く食《は》まれ、飛高の唇が首筋へと移行していく。

皮膚の薄い部分を強く吸われたかと思うと首のつけ根を噛まれ、その甘い痛みにたまらず身震いしてしまう。

「……あ……あ……あぁ……っ」

「達《い》きそうですか?」

朝海の性器は彼の手のなかで、これ以上ないほど恥ずかしい形に変化している。ぐぅっと亀頭の割れ目に指をねじこまれ、脳髄が灼けそうな快感に悲鳴をあげた。

「あぁっ！　ああっ！」

身をよじらせたために、ズボンがすとんと膝から足首へとずり落ちていく。

「飛高……あ……バカ……やめろ……っ」

「あのときもこんなふうに、あなたは私に慰撫され、悶《もだ》えていました」

強くしごかれ、自分の汁がもうどろどろに彼の手を汚している。

こらえきれない快感に全身が痺れ、内腿は小刻みに痙攣していく。与えられる刺激が激し過ぎて、膝はがくがくしていた。

「あぁ…あ…あっ、あっ、あ……っ」

呼吸が乱れる。こめかみからの汗が頬を伝って鎖骨を濡らし、全身が痙攣したようにひくひくとわななないていた。

やがて根元と先端に強い刺激をあたえられ、ひときわ鋭い電流のようなものが衝きあがってくる。

「あ……ああっっ！」

熱い奔流。その瞬間、朝海は飛高の手に欲望を吐きだしていた。

光度の落とされた琥珀色の照明が照らされ、鏡の中でふたりが揺れている。

朝海の喉からは切ない声が漏れていた。

「あ……あ……っ」

飛高の手のなかに吐きだしたあと、そのままベッドに移動した。

四つん這いの姿勢のままローションに濡れた指で入り口を圧し割られ、内襞《うちひだ》の感触を確かめるように奥を弄られていく。

後ろを飛高の指でほぐされている。

鏡に映る自分の顔など誰が見るものか。意地でもシーツに顔を伏せようとするのだが、するりと顎を飛高に掴まれ、前をむかせられる。

「エロい顔が鏡に映ってますよ。鬼畜刑事が犬みたいな姿勢で、後ろを弄られてる姿、署轄に見せたいな」

「……本気で……殺されたいのか……っ……ん」

「すみません、そう言うと、あなたがひどく感じてくれるので」

飛高が尊大に言う。

「とくにここ、すごく私の指に吸いついてきて」

敏感な部分を指で刺激され、朝海は思わず身をよじる。シーツに爪を立て、懸命にあふれそうになる嗚咽《おえつ》をこらえた。

「く……ん……っ」

「そんなに歯を食いしばって……唇が切れたりしたら……警視庁で変に思われますよ」

「……っ……うるさ……」

「もっと奔放になってください。もっと淫らなあなたの顔が見たい」

誰がそんな顔をむけてやるものかと顔を背けるが、飛高はなおも朝海の下顎をつかみ、鏡に顔をむかせようとする。

「やめ……っざけんな！」

「頑固ですね。なかはこんなに締まって……ひくひくとしているのに、態度だけは」

くすりと笑う飛高が憎たらしい。

息を止め、何とかやり過ごそうとするのだが、現場で執拗に遺留品を調べているときのように丹念に内部を揉みほぐされるうちに、もどかしさにたまらなくなっていく。じわじわと焙《あぶ》られ、粘膜に少しずつ熱の層が堆積《たいせき》していくような感覚。朝海の性器からは先走りの雫がどくどくあふれているが、それでも声だけはあげたくなかった。

「ん……く……っ」

「そんなに堪えて。まあ、すぐに甘い声でよがってるようではあなたらしくないですが」

飛高は指を引き抜くと、自身の上に朝海の腰を引きつけた。

「あぁ……あ……っ……っ」

蕾を割って挿ってくる他人の肉塊。全身が強ばる。それなのにゆったりと腰を回されるうちに朝海の内部は柔軟に飛高を呑みこんでいく。

「すごいですね、こんなに深くつながっています」

足を広げられ、はっきりと結合部が見えるような姿勢にさせられる。あまりに情けない格好にはっと目をした瞬間、ぐぅっと奥深くまで差しこまれた。

「ほら、見てください。恥ずかしい刑事が鏡のなかにいますよ」

「……っ！」

漆黒の喪服を乱し、下から串刺しにされ、足を大きくMの字に広げた朝海の姿が鏡に映っていた。

ベッドの白いシーツの上。飛高はスーツ姿のままだというのに、朝海の下肢はズボンと下着を脱がされ、靴下以外なにもつけていない。上半身は喪服の上着をはおったままの姿勢で後ろから飛高にはがい締めにされている。

あられもない己の痴態にかっと頬に血がのぼっていく。

「揺らしますよ」

「……な……っ」

下から突きあげるように揺さぶられ、息が止まる。男に深々と貫かれながら、自分の内部が飛高を締めつけていくのがわかった。

肉を裂きながら襞をおし広げていく異物。呑みこんだものが狭い内壁を限界ぎりぎりまで圧迫する苦しさに息もできない。

だがシャツの上から胸の尖りを弄られるうちに、つながった部分に痛み以外のべつの感覚が生まれ始める。

「ん……くぅっ」

じわじわと血が燃え滾《たぎ》り、気がつくと、骨の芯が熱く疼いてしまっているような、そんな快感に意識が朦朧としてくる。

「辱《はずか》しめられたほうが感じるんですね」

知るか、そんなこと。ただそこが形を変え、自分の肌を夥しく濡らすことが止められないだけだ。

「ん……ふ……っ」

返事の代わりに淫靡《いんび》な息が漏れ、先端の窪《くぼ》みからはどくどくと快感を示す雫があふれでる。

「あ……ああっ」

ずん……と奥に響く振動。痛みと快感がないまぜになり、わけがわからない感覚に頭がまっ白になっている。

飛高は朝海の胸の粒を指でぐぅっと皮膚の奥に押しこんできた。腰のあたりに感じる甘い疼き。

「ん……んんっ！」

ぴくりと躰を震わせた朝海を面白がるように、彼はぐりぐりと指の腹でそこをねじこむように押しつぶしてくる。

「気持ちいいんですか」

朝海はとっさにシーツをぐしゃぐしゃににぎりしめた。快感に腰が悶えそうになってどうしようもない。

「くぅ、くそっ…な………んっ……あ……はぁっ、あぁ！」

飛高の腿が臀部《でんぶ》の皮膚にあたり、体内にペニスが深々と埋めこまれている状態。その体感ですら甘い刺激となって朝海の肌を粟立《あわだ》たせていく。

「ん…もう……苦し……い」

「私が助けた命です。あなたは私のものです。壊すのも、生かすのも私の自由です」

彼の言うとおり、このまま壊されそうだ。

本気でこちらを破壊しそうな勢い。ほしいままに突きあげられ躰の内部が彼の形に変形してしまったような気さえしている。

「あぁっ、もう、この……あぁっ」

これ以上ないほど腰を引きつけられ深い部分を下から抉《えぐ》られる。そのとき、飛高のペニスが体内で爆発するのがわかった。

注ぎこまれる熱いもの。そのあまりの熱さに細胞から溶かされていくような錯覚を覚えながら、朝海の快楽も頂点に達していた。

*

思いだした。飛高と会ったときのことを。

喜代原の死。しかも彼は暴力団とつながりがあり、警察の情報を彼らに流していたことがわかった。

その身を蝕《むしば》んでいた覚醒剤のために、彼は人間であることをやめてしまったのかもしれないと思った。

彼が許せなかった。憎くてしょうがなかった。

けれど彼の遺体を発見したとき、憎しみは霧散し、哀しみへと変化した。

本気で好きだった。

だから自責の念が衝き上がってきた。たとえ利用されたとしても、たとえ騙されていたのだとしても、自分は彼を本気で好きだった。

それなのに、彼が裏切っていたことも、その身が覚醒剤に蝕まれていたことも気づかなかった。

せめてそれに気づいていれば、なにか結果が違っていたかもしれない。もし助けることができ、喜代原が罪を償うことができたとしたら、彼を純粋に憎めたのに……。

四十九日のあと、彼の遺骨の散骨を頼まれ、朝海は横浜港《よこはまこう》へとむかった。そのとき、喜代原の母親の言ったことを思い出した。

『死んだときは、朝海さんの手で海に還して欲しい。大好きな海に。ここにある思い出の品と一緒に』

そう記されていた手帳。

水族館の半券と小さなイルカのブックマーク。

喜代原がどうして『朝海』と書かず、そこに『朝海さん』と記していたか。ふと思うところがあり、朝海は兄に電話をかけた。

喜代原と個人的に知りあいなのか……と尋ねたくて。

『いや』

兄はそう答えた。しかし疑念は消えなかった。

水族館の半券。

それは兄に連れて行ってもらったことのある場所で、しかも喜代原は死ぬ寸前に、朝海兄弟をシャチかサメのようだと言ったことがある。

それがどうにも腑《ふ》に落ちなかったのだ。

――おそらく……警察手帳に記されていたのは、俺ではなく……。

兄は喜代原が派出所にいた頃、その地域の署轄を任されていた。その頃に知りあい、もしかすると喜代原は兄の命で働いていたのではないかという疑念。

そんなことや、これまでの激しい後悔と喪失感と絶望に襲われ、気がつけば酒を飲み続け、酔っ払ったままクリニックの扉を開けた。

日曜で休診中だったにもかかわらず、飛高が受付でカルテの整理をしていて、その姿を見て、朝海は心臓が跳ねあがりそうなほど驚いたのだ。

あまりにも喜代原に似ていて。

どろどろに酒に酔っていた朝海は、すっかり喜代原がこの世に戻ってきたと勘違いし、彼に幾つもの疑念を問いただした。

『教えてくれ。どうして暴力団とつながっていたんだ、どうして覚醒剤を……。兄さんとはどういう関係なんだ』

その問いかけに、飛高はなにも答えなかった。ただ驚いたような顔をしていた。

『どうしてなにも答えない。いや、それよりもなによりも問題は俺だ。俺がちゃんと鑑識の仕事さえしていれば……俺が天才的な鑑識だったら、おまえは暴力団の捜査に関わることはなかった。俺が悪いんだ、赦してくれ。いっそ代わりに俺を殺してくれ』

そんなことを口にしていた気がする。

『どうして……あなたを殺さないといけないのですか』

朝海の頬に手を伸ばし、飛高が問いかけてきた。

『おまえを助けられなかった。愛していたのに……おまえのことが大好きだったのに』

そう言って、飛高を抱き締めてそのまま押し倒して……。

だが途中で気づいた。

これは喜代原ではない、別人だと。

それで急に虚しくなり、発作的に持っていた睡眠導入剤をすべて飲みこんだのだ。

慌てて止めようとする飛高を払って、強引に飲みこんだのだ。吐きださせようと飛高が喉に手を入れようとしたが、酒の酔いもあってわけがわからない状態で朝海は朦朧としていた。そしてそのまま意識を失ったのだ。

喜代原のところに行きたかったのか、それともただすべてを忘れたかっただけなのか、あの頃の自分は、一体、どんな心境でいたのか、よくわからない。

ただ気がつけば病院で眠っていて、ちょうど飛高と会っていたときの記憶をすっぽりとなくしていた。

病院のベッドの上、朦朧とする朝海を助けたのは飛高だった。

『そんなに自分が許せないのなら、警察を辞めたらどうですか。そうすれば少しは救われますよ。自殺して救われると思ったら大間違いです』

その声。喜代原ではない声。

主治医だと思っていたが、違う、あれは飛高だったのだ。そのとき、彼は朝海の胃を洗浄して。

『赦して欲しいなら、私が喜代原さんになります。そんなに天才鑑識が必要なら、私が鑑識になります。だからどうかこの世に戻ってきてください』

祈るような声に導かれ、蘇生《そせい》した気がする。

『あなたは一度死んでいるから』

彼が言ったのはそのときのことだろう。あれだけ大量の薬物を飲み、死なないほうがおかしい状況だったと思う。飛高が助けてくれたのだ。

＊

「ん……」

汚れた下肢を晒したままの格好で、シーツに横たわったまま、朝海はけだるい息を吐いた。ふっと飛高が鼻先で嗤うのが聞こえた。

「なにがおかしい」

男に犯され、ぐしゃぐしゃになった朝海の姿がおかしいのか？　捜査一課の強面も台無しだ。

見あげれば、こちらをじっと見下ろす男と視線があう。

「以前、西荻《にしおぎ》の歯科医一家殺人事件で、主任が容疑者の口を割らせるところを見学したことがありますが、自信に満ち、仕事に誇りをもっているあなたの姿を見て、四年前のことなどもうとうに忘れ、ひたすら前を見て歩いているのかと思いました。でもそうではなかったんですね」

「見ていたのか」

「ええ、あの事件の検屍報告書を見て、盲点に気づいたので捜査一課の人たちに伝えようと思って。でも必要なかった。マジックミラー越しに四年ぶりに見たあなたは、そんなことも関係なく、強気で犯人に迫っていて」

確かに取調室の自分は、まさに鬼畜の異名にふさわしい刑事だったと思う。

四年前、薬を大量に服用し、死にかけたときの自分を知っているのだとすれば、今の取り調べの姿を見て、飛高はさぞ驚いたことだろう。

あの頃からは想像もつかない変化だ。朝海としては、一瞬でも、弱かった自分こそが信じられないのだが。

今ならなにがあっても死を選ぶことはないだろうし、発作的とはいえ、自殺未遂のような真似はしない。

「許せなかったからだ。無残な母親と娘の遺体を見て。俺はどうも変死体を見ると、普通じゃいられなくなるらしい」

朝海は枕に肘をついた。

「ずいぶん捜査に感情を入れてしまうんですね」

「別に……そういうつもりはないが、どうしても犯人を検挙することに必死で……感情が表に出て、ひどいことを口にしたり、でかい態度を取って他の刑事に煙たがられてしまうのも事実だ。わかっているが、それを反省する気も態度を改める気もない」

「だから、あなたといると楽なのかもしれない」

「え……」

「いいえ、何でもありません。ただの怖い人ではなく、四年間、こうだと思っていたとおりの人だとわかってほっとしています」

「思っていたとおり？　おまえには俺の本質までわかるのか？」

「鑑識ですから」

ペットボトルの水を飲み、飛高は艶然と微笑する。眼鏡をかけた横顔はひどく端麗で、こうして下から見あげていると、さほど喜代原に似ていないように思う。今の朝海の目には、飛高は飛高という男としか見えない。

四年前は鑑識課員じゃなかったくせにと突っこむのはやめ、朝海はその顔を見あげながらぼそりと呟いた。

「それなら、俺が亡くなったときは、おまえが検屍してくれ」

自然と口から出てきた言葉。喜代原もそんなふうに自分に言った。

「あなたが亡くなったときですか？」

飛高は不思議そうに問いかけてきた。

「ああ」

「いいですけど……私は警視庁の鑑識です。変死体を担当するんですよ」

「変死体か。それも悪くない」

「はあ？」

喜代原の遺体を前にしたとき、検屍作業に参加しなければいけない事実に激しい哀しみを感じた。だが、この男はどんな遺体を前にしてもそんな感情は抱かない気がする。きっと無表情に淡々と仕事として作業をこなしていくに違いない。

「危なっかしい人ですね」

「おまえもな」

「もう一回、やらせてくれたら約束します」

「どっちでも」

ベッドで寝返りをうつと、後ろから飛高が密着してきた。

ひんやりとしている。体温も低い。だからかもしれない。この男とのセックスは悪くない。心地がいい。

「返事はＯＫとうけ取っていいんですか？」

後ろから手が伸び、胸をまさぐってくる。

「もう一回……していいんですね」

「タフだな」

「若いですから」

「壊すなよ、いつ捜査の電話が入るかわからないんだからな」

「それは私も同じです。壊れたときは姫抱っこして現場に連れて行ってあげますよ」

「ふざけんな、ぶっ殺すぞ」

ふりむくと、飛高の甘やかな琥珀色の双眸と目があう。

「同じ約束をしませんか。私が死んだときは検屍すると。以前、鑑識にいましたよね」

「断る」

「どうして」

「おまえは、変死しそうにない」

「自分だけ約束させてずるいですよ」

「ずるくてけっこう。俺はそういう性格だ」

冷ややかに言った次の瞬間、唇をふさがれ、上からのしかかられていた。その背に腕をまわし、瞼を閉じて唇を貪る。

その約束はイヤだ。また喪ってしまいそうで。

別にこの男に特別な情を抱いているわけではないが、喜代原のときと同じ約束はもう誰ともしない。

愛でも恋でもない。だが、失いたくはない。飛高といると、この四年間、一度も得たことのない心地よさを感じるのだ。

もうずっと忘れていた人間らしい感覚。これまで目の前の事件を解決することに必死で、人とのふれあいやら情やらをずっと忘れていたもの。

むしろそういうものを排除することこそ、捜査一課のバッジをつけるにふさわしい刑事だと思いこんできた。

しかしこの男とこんなふうにしていると、もっと大切なものが見えてくる。

この四年、喜代原を喪ってからずっと忘れていたもの——人への思いやりであったり、人が他人と共存していることであったり、人のぬくもりであったり。皮肉なことだと思った。人間に興味はなさそうな、機械のような男との関係から、そんな感情を得るとは。

でもだからこそこの男に検屍してもらいたいと思った。

人との間に生まれるぬくもりや優しさ。そんなものがまだこの躰に存在することを認識させ、そんなものがこの世にあったことを思いださせてくれた男に。

## 6　悪夢

それから朝海《あさみ》は飛高《ひだか》と何度かベッドをともにするようになった。

捜査一課の仕事に区切りがあるたび、儀式のようにふたりでホテルに宿泊する。

それは朝早くだったり、午後からであったり、夜半であったり……と、互いに仕事がない時間を見計らい、時間を融通しあってのことだったが。

めったに会うことができないため、会えば互いの躰を粉々にするほど激しく求めあい、また仕事の現場に戻っていく。

そんなふうに飛高との関係を深めていくにつれ、朝海は毎夜のように悪夢を見るようになった。

場所は新宿歌舞伎町《しんじゅくかぶきちょう》の地下室。まだ工事中の閑散とした雑居ビル。

そこに佇む喜代原《きよはら》。彼の手から血が流れている。

喜代原はいつもひどく淋しそうな顔をしていた。そしてゆっくりと地下の深い闇の底へと落下していく。

どさり、と音を立てて、地下の奥深くに落ちていった喜代原の躰。

地下に横たわる喜代原を見下ろした瞬間、朝海はいつも同じ台詞で問いかける。そのとき、胸底に冷たい風が吹きこみ、冷たい泥が溜まっていくのを感じながら。

だが次の瞬間、それが喜代原ではなく、飛高の遺体だということに気づく。

『飛高っ、駄目だ、おまえは逝ったら駄目だ！』

涙が朝海の頬を滴り落ち、飛高の躰へと落ちていく。その躰に濡れた瞬間、カッと鋭い閃光《せんこう》に目が眩《くら》む。

そして目を開けると、彼らの姿は消えていた。

地下室に佇んでいるのは自分だけ。しんと静まりかえった工事中のなにもない現場。

晩秋の冷たい風が吹き荒《すさ》ぶなか、そこに残っているのは自分の濃い影。そして深い深い地下への闇だけだった。


「……っ！」

長い夢からハッと目が覚める。

暗いホテルの一室には有線から流れる音楽が淡々と流れている。ゆったりとしたクラシックの旋律だった。

朝海は枕元の明かりをたよりに、隣に眠る飛高に視線をむけた。

――飛高……。

飛高が唇をへの字に曲げて不機嫌そうな顔で眠っている。それでも怜悧な風貌には違いないが。

どちらかというと朝海よりも肌の色が白めで、目鼻立ちも綺麗に整っている。

生前、喜代原は清涼感に満ちた男だったが、よく見ればこの男にはどこか妖艶で、底知れぬ森の沼のような奥深さがある。

肝も据わっていて、なにかに動じるところを見たことがない。

飛高は朝海と会うまで、世界はモノトーンだったと言う。

それまで人とコミュニケーションをとったことがなかった、それどころか他者とまともに話をしたことがなかった、と。

まさに機械のように淡々と鑑識の能力だけを身につけてきた男。

だから感情を揺さぶられるようなことがないのか。

今では、何となく自分はこの男に精神的に依《たよ》っている。

それを口にする気はないし、このままではいけないと思っているが、少しだけそういう存在が欲しいと思っても悪くはないだろう。自分は人間なのだから。

青ざめた飛高の顔は、彼がいつも相手をしている変死体のように瞼に細い血管が沈みこみ、唇は二重の皺を刻んでいる。

いつも変死体の夢ばかり見ているそうだが、今夜も彼の睡眠下では、死体が息づいているのだろうか。

それとも自身が変死体になった夢でも見ているのか。

『——私が死んだときは検屍すると』

いつだったか、飛高が言った言葉が朝海の鼓膜の奥で甦《よみがえ》る。

愛する人間を検屍する行為。

そんなことは一度で十分だ。

自分と体温を分け合った相手が冷たい遺体となってそこに眠っている。

死後の硬直度から死亡時刻を推定し、瞼や眼球に溢血点がないか調べ、皮膚の死斑位置を探して心停止後の血の流れを確認していく。

——おまえなら……誰であろうといつものように淡々と検屍できるだろうけど。

ゆっくり朝海が飛高の鼻先に指を近づけると微風が伝わってくる。

「飛高……」

ぼそりと呟くと、飛高ははっと目を開けて驚いたような顔で朝海を凝視した。

「事件ですか?」

サイドテーブルの眼鏡に手を伸ばした飛高の肩に、朝海は手を伸ばした。

「いや」

「私をじっと見ているので、なにかあったのかと思いました」

「おまえが死んだみたいに見えたから」

朝海の言葉に、飛高は苦笑し、枕に肘をついた。

「そう簡単に人は死にません」

「そんなことはわかってる」

「私が眠っていると、死んでいないか……あなたはいつも気にしている。なにを恐れているのですか」

知っていたのか。ぐっすり寝こんでいるかと思ったら。

「別におまえの死など恐れていない」

飛高に背をむけ、朝海はシーツを肩まで被った。そのまま後ろから抱き締められる。

「いえ、恐れています」

「誰が」

「いいえ、恐れています」

耳元で囁く声。耳朶に触れる吐息、それに背中の皮膚に伝わる体温にほっとする。

情けない話だが、この男に情のようなものを感じるようになってから、以前にもましてあざやかな悪夢を見るようになってしまった。

「余計なことを考えないで済むこと……しますか?」

後ろからさぐるように訊かれ、朝海は顔を歪めて振り返る。そして形のいい白皙《はくせき》の額をトンと指で弾いた。

「体力あり過ぎ」

「……本庁から電話はなかったんですね」

「大丈夫だ」

なにかあったときに、こんなことをしているのがわかったら、ふたりとも大問題になる。仕事に支障がないように徹底的に気をつけていた。

「この関係が知られたときは、私が鬼畜な上司からセクハラされたということになるんでしょうか」

半身を起こし、枕に肘をついて飛高が見下ろしてくる。

「ふざけんな」

「誰かにばれたら、ド淫乱の上司に無理やりホテルに連れこまれ、断ることもできずにずるずると関係を強要された……と説明します」

飛高がにやりと笑う。

「……ぶっ殺すぞ」

舌打ちし、朝海は半身を起こした。

一瞬、目を眇め、飛高は朝海をじっと見つめた。物言いたげなその双眸に、どうしたのだろうと朝海が眉をひそめると、飛高はかぶりを振って艶笑を見せた。

「冗談ですよ。ド淫乱はお互いさまですからね」

飛高は冷蔵庫から水を二本出し、一方を朝海の手に押しこんだ。

「……おまえ、実際、誰の命令で覚醒剤について調べていたんだ」

「いつの事件を蒸し返しているんですか。それ、ずいぶん前のことですよ」

「結局、確信の部分についてはおまえから聞いていないことを思いだして」

さっきの悪夢が脳裏をよぎり、不安になってくる。

喜代原のようにこの男も喪うようなことがあったら、自分はもう一度立ち直ることができるのか。

「あれは密売人たちが検挙されたので、もう終わったことになったじゃないですか」

枕に肘をつき、飛高は睥睨してきた。

「おまえの背後にいる幹部、おまえを動かしている真の人物、おまえを警視庁に呼び寄せた本当の理由。それを知りたいと言ったら教えてくれるか」

飛高はかぶりを振った。

「できません」

「それは俺の父や兄がキャリアだから……か？」

飛高が押しだまり、ペットボトルの水を口に含んでいく。

そしてしばらく窓の外に視線をむけた。明け方の淡い光が東京湾を静かなベビーブルーに染めていく。静かに波うつ海上をじっと見たあと、飛高はぼそりと呟いた。

「それもあります。でも……あなたになにも言いたくないのは私の個人的理由です」

「飛高……」

「危険過ぎます。喜代原さんが殺された事実を忘れないでください。なにかさぐろうとしていることがわかると、彼らは平気であなたを殺しますよ」

どうしておまえがそこまで断定できる……。そう問いただしたかったが、それ以上、訊くのはやめた。

彼の背後にいる幹部。その正体を確かめるまでは。

「危険なのはおまえも同じだ。黒龍幇《ヘイロンバン》が関わっている店にさぐりに行ったり、売人を紹介してもらったり」

「私は大丈夫ですよ。危険になったらアメリカに戻りますので」

飛高の言葉に、一瞬、朝海は耳を疑った。

「え……」

朝海は目を見開いた。

「おまえは……警視庁で終身検屍官になるんじゃなかったのか」

「なってもいいし、ならなくても、どっちでもいい。別に私はいつでもアメリカに戻ることができるんです」

自分は日本の警視庁にこだわりはないと言わんばかりの言葉に、胸の奥がほんの少し痛んだ。いつでも戻れる。

――どっちでもいいだと。俺のために戻ってきたと言ったのは誰なんだ。

そう問いただしてやりたかった。

だが、それをすると自分が彼に執着しているみたいな気がして、朝海はなにも問わなかった。ただ乾いた風が胸のなかを吹き抜けていくのを感じるだけで。

――この関係に執着し、依存しているのか、俺は……。

内心で自嘲気味に呟き、朝海はかぶりを振った。

これ以上、彼に心を依らせてはいけない。

六歳も年下の鑑識課員。親友とよく似た顔立ちの男。天才……。本気になってどうするのか。

「アメリカに戻りたいのか?」

「別に。ただそこで働きたいといえば、どの組織も受け入れてくれます。FBIだって、DEAだって。FSBからも声をかけられました」

そうだ、この男の能力を必要とする組織は多いだろう。これほどの能力のある男をこんな小さな国の、狭い組織に縛りつけておくのももったいない。

いずれ時期がきたら、この男はきっともっと大きな世界に羽ばたいていくだろう。

いや、この男はそうあるべきだ。もっと大きく、もっと広く、そしてもっとこの男を必要としている人たちがたくさんいるところに。

『紹介してくれ』

兄の言葉。その思惑が何なのかはわからない。でも残念ながら紹介する気はない。

背後に誰がいようといまいと、キャリア組の権力争いのような、醜く小さな世界の犠牲にはさせたくない。

――この男の能力は……もっと大きな世界で生かされるべきだ。

朝海が深く考えこんでいると、飛高が心配そうに顔を覗きこんできた。

「どうしたんですか」

「あ、いや。わかった、危険なことは避ける。その代わり……今、思ったんだが、いずれ時がきたら、おまえはアメリカに戻ったほうがいいだろう」

朝海の言葉に、飛高は眼鏡の奥の目を眇める。

「いいんですか、戻っても」

さぐるような眼差し。視先をずらし、朝海は投げやりに言った。

「ああ、そのほうがおまえにとっていいだろう」

「私との関係は……そこまでと思っているんですか」

「そうだな、そのくらいまでがいいんじゃないか。こんな関係、本庁にばれたら俺もおまえも破滅だ」

「私と長く続けたくない理由はそれですか」

「それだけじゃない。もともと躰だけの関係だ」

飛高が押し黙り、ため息をつく。不満だと言わんばかりに。

「いいじゃないか、飛高、大人同士、さらっと快楽だけを分かち合う関係で」

そう答えたとき、静寂を切り裂くようにふたりの携帯電話が同時に鳴った。

自分のを見れば、月山《つきやま》からだった。

『朝海——K大学法科大学院で殺しだ』

月山に呼びだされた場所は、世田谷《せたがや》区にあるK大学法科大学院。

現場に到着すると、法科大学院のまわりには黄金色に色づいた銀杏《いちょう》の木が埋め尽くしていた。木々が朝陽に染まり、金色に耀《かがや》いている。

以前に渋谷《しぶや》のラブホテルで亡くなった男女が通っていた大学院である。

今回の被害者は、現役の男子学生だ。三十二歳の司法修習生で、二年前まで都市銀行の行員だったらしい。彼は三階の自習室のブースのなかで扼殺されていた。

大学内は騒然としていた。

立ち入り禁止の規制線を物々しく二重に張り巡らせ、報道陣になかの様子を察知されないようにする。

現役の法科大学院生がキャンパス内で殺害されたのだ。しかも同じ大学出身の司法試験受験生が渋谷のラブホテルで虐殺《ぎゃくさつ》されている。マスコミたちが連続殺人事件として話題にしないはずがない。

「さあ、早く出て行って」

機動隊が法科大学院の建つキャンパス裏門近辺から学生たちを閉め出していく。そのまま建物のまわりをぐるりと取り囲み、捜査車輛が裏門前の通りを埋め尽くしていた。

殺害現場の建物の三階では、多数の鑑識課員たちがしゃがみこみ、廊下に残る足跡を丹念に確かめていた。

「この仏さんたちにも覚醒剤常用の疑いがあります。薬物検査をしてください。おそらく成分は、最近問題になっている例の……」

制服に着替え、車で現場に乗り付けた飛高は、自習ブースに倒れた遺体を見るなり、当然のように言った。

「では、渋谷の事件と絡んでいるというのか」

朝海が問いかけると、飛高は「はい」と確信をもって答えた。

「それから、新宿のホストクラブ店長の殺人も関係あります」

「え……」

「あのときの店長、ここの学生ではないんですか？　確か遺品のなかに、この大学の名前が記されたボールペンがあった気がします。調べてみてください」

捜査員たちの間にざわめきが広がる。

「待て。そんなに簡単に決めつけるな」

月山が呆れた顔で飛高の肩に手をかけ、捜査員たちの間に割り込んでくる。

「ですが、早く確かめないと」

「まあ、落ち着け。そういうことは捜査一課が決めることで、おまえが決めることじゃない。おまえは自分の仕事に集中しろ」

だるそうに無精髭を手でさすりながら遺体を見下ろし、今度は朝海の肩に手をかけ、耳元に顔を近づけてくる。

月山はまだ飛高の鑑識能力を完全に信じていないようだ。兄の言葉では、彼の背後にいる幹部が誰なのかさぐっていたらしいがなにか思惑があるのか。

「朝海、おまえ、どう思う？　飛高の話を信じてその線も洗うか、それとも解剖の結果が出てから動き出すか」

「すぐにその線も洗うべきだと思いますが」

「わかった、まずは関係者に尋ねてみるとするか。そこに学部主任がいる。彼に学生のことを聞くのが一番だろう」

「わかりました、では。学部主任には、俺が」

朝海は遺体確認のために廊下に待機していた学部主任に声をかけた。そして初老の黒縁眼鏡をかけた男がかぶりを振る。

「いえ、うちには水商売の学生などいません」

「では、学生名簿を見せていただけますか」

「ええ、こちらです」

朝海はちょうど同じフロアにある学部主任のゼミ室へとむかった。

「これがここ数年のものです」

パソコンを開き、そこに記された学生の名簿を見せてもらう。法科大学院が開設された平成十七年度からのリストがずらりと打ちこまれている。

それぞれの出身地、出身校、職歴、就職先、それに中退した者までしっかりと記入されていたが、ホストクラブ店長の名はどこにもなかった。

「卒業生の他に、中退、留年の学生の名は載っているが……これまで法科大学院を除籍した者はひとりもいないのか」

「……ここに載っているのは、単位を取得した者だけです。うちの場合、除籍者は、単位を取得したことにならないのでリストには入っていません」

「単位？　どういうことだ？」

別の法科大学院学校に行く場合、自ら志願して中退したのなら、そのままそれまで学んでいた大学院での単位を、次の大学院に移行することができる。

しかし除籍という形であれば、単位を移行することはできない。そのため、単位を取得していない者としてここにあるリストには名を載せていないらしい。

「では除籍者のリストは」

「それは教務課でないと。週末なので、月曜までパソコンを動かすことはできません」

「すぐに職員を呼びだしてくれ。大学の名誉に関わる大事なことだ」

朝海はその場にやってきた署轄の刑事に、ホストクラブ店長の名が名簿のどこかにないか、徹底的に捜すようにと命じると、思うところがあり、月山には、今のところホストクラブ店長の名は見つからないとだけ報告した。

「わかった。天才鑑識だか天才検屍官だか知らないが、飛高も憶測だけでものを言うのはやめたほうがいいな、よし。まずは特捜本部の設置だ」

月山はぐるりとだるそうに首をひねり、朝海の肩をポンと叩いた。

やはり彼は、新宿のホストクラブ店長の事件と、今回の事件の関わりを認めたがっていない。捜査員なら、少しの可能性でもあれば徹底的にさぐろうとすべきなのに。

しかしあえて朝海は、それを月山に問いただささなかった。

その結果、新宿のホストクラブ店長の事件は関わりはないと判断され、最初に渋谷の事件と今回の事件を中心に特別捜査本部が設置されることとなった。

しかし飛高は納得がいかなかったらしく、翌日、朝海を電話で呼びだした。

人目を避け、競馬場の切符売り場の近くで待ちあわせして。現場につくと、競馬新聞に包むような形で、飛高は朝海に資料の入った封筒を手渡した。

「これはこのあとの会議で鑑識課員として報告すべきものですが、またなかったことにされては困るのであなたに渡しておきます」

資料を見れば、新宿のホストクラブ店長の遺体から発見された覚醒剤の成分と、残りの司法修習生の体内から出た覚醒剤の成分がまったく同じであるということ、さらにそれぞれ同種のアルカロイド系の薬物やメチルアミノプロパンといった物質が発見された。

「同じ混ぜ物が入った覚醒剤です。覚醒剤に依存していた期間も全員がほぼ同じ。毛髪から割り出してあります。そこまで共通点がありながら、どうして月山係長は別の事件だと決めつけるのでしょうか」

「おまえは月山係長になにか裏があると言うのか」

「おそらく」

朝海もそれは疑っていた。

新宿の組織対策課にいた月山は、暴力団の捜査に関してはプロだ。とくに新宿の水商売関係の店は、朝海など比べものにならないほどくわしい。

それなのにあえてそこに触れたがらない。新宿のホストクラブ店長殺害事件のときも、すぐにその事件を組織対策課の大森《おおもり》に譲り、捜査一課の捜査から外した経緯。

「月山係長は……まさか暴力団と通じているんじゃないだろうな」

「怪しいといえば彼だけではなく、組織対策課の大森課長も怪しいです。捜査一課が彼らの捜査に近づくのを異様なほどいやがっていましたし、月山係長は捜査一課が近づかないようにしている」

月山と大森……彼らは同期だ。同じ警察学校で学び、同じ寮で過ごし、警ら課でも一緒だったと聞く。

――ということは、兄とも同い年か。

だからどうというわけではないが、刑事のカンといえばいいのか、どうもひっかかる。

月山と大森のことに加え、朝海には、もうひとつ、気になることがあった。

兄は近いうち刑事部の参事官になるという噂がある。

もし飛高と兄が通じ、暴力団とつながりのある幹部を洗っていたら。飛高の背後にいる幹部が兄だったら……月山と大森が飛高を警戒してもおかしくはない。

――喜代原のこともある……その可能性がないとはいえない。

そんな疑念が湧いてきたが、朝海は飛高には直接尋ねなかった。もう少し自分のなかで調べ、確信を掴むまでは……。


〈K大学法科大学院生、連続殺人事件特別捜査本部〉

世田谷南署内に特別捜査本部が設置されると、朝海は、毎朝、本庁ではなく、世田谷署内にある特別捜査本部に顔を出すことになる。

ずらりと並べられた長机。前方のホワイトボードに事件の経緯が記されている。

「では、組閣《そかく》を始める」

月山と署轄の課長が前に立ち、誰と誰とがペアを組むか決めていく。

本庁からやってくる捜査一課の刑事と、地元の地理にくわしい刑事とがペアを組まされるのだ。

「じゃあ、北井《きたい》と鳴海《なるみ》のチームはこのあたりの地取り（聞き込み捜査）に。それから、おまえたちのチームは鑑取り敷鑑《しきかん》（遺族への聞き込み）。あと、タタキ（強盗事件）の線も念頭に入れて、この周辺で起きている犯罪を調べろ」

一通りチームを構成すると、月山は、朝海には今回のことを含めた上で渋谷の事件の地取りをやり直すようにと命じてきた。

「わかりました。では今日は渋谷方面に行ってきます」

資料を手に席につこうとした朝海に、月山は小声で耳打ちしてきた。

「朝海、飛高の鑑識眼に惑わされるな。あいつは思いこみを口にすることが多いと、最近、他のチームからもクレームが出ているんだ。どうも天才という触れこみに、みんなが惑わされすぎているようだ」

月山の言葉に、朝海は耳を疑った。眉をひそめ、まわりに人がいないのを確認して月山に問いかける。

「本当ですか？　俺の耳には、絶賛の声しか入ってきませんが」

以前は天才だ、すごい……と言っていたのに。

実際、飛高の鑑識眼は他のチームからも驚嘆の声があがっているが、月山と大森が否定し、上層部まで報告されないケースがあったことを思い出した。

「朝海、ここだけの話だが、飛高はただの鑑識じゃない。警察上層部の命令で、情報屋のようなことをして動いているらしい。おまえ、そのことについてなにか気づいたことはあるか？」

情報屋。この間の、密売人逮捕にまつわる一連の流れのことを指しているのだろう。

「さあ、特に俺はなにも」

「頼人《よりと》からも……なにも聞いていないか？　彼になにか命じているとか」

さぐるように問いかけられ、朝海はさらに眉をよせた。

やはり月山もその線を疑っていたか。

「兄の情報屋か否かを疑っているのなら、おそらく違うでしょう。兄も彼のことを知りたがっていたので、ふたりにつながりがあるとは……」

「だが、頼人とつながりがあると考えれば納得がいく。頼人は、FBIに研修に行った経験もあるし、飛高の両親が亡くなった国の大使館にも外務省経由で出向していた。勿論、そのときに飛高の両親はとうに亡くなっていたが、彼らが活動していたNGOの本部はまだ現地にある。頼人が関わっていないともかぎらない」

月山の言葉に、朝海もまた飛高と兄との関わりを確信していた。だが、それを口にすることはない。

「係長の考えもわかりますが、俺からは何とも……。たとえ兄の情報屋だったとしても、彼の鑑識としての能力に問題があるとは思えませんし、だいいちそれを調べたところで今回の捜査がどうこうなるわけでもありませんよね」

「あ、ああ、確かにそうだが……ただ頼人のようなキャリアに出てこられると、捜査が面倒になるだろう」

変だ。なにかに焦っている。兄が絡んでいると信じこみ、ライバル心を掻きたてられている……というだけではすまない発言ばかりしている。

――やはり……なにかまずいことがあるのか。

訝しく思ったそのとき、前方のひな壇に、一斉に捜査一課の幹部たちが現れた。課長、管理官、指導官、機動捜査隊長、それから制服姿の世田谷の警察署長。

「立てー！　礼ーっ」

会議が始まる。朝海は「では」と月山に会釈《えしゃく》し、自分の席についた。


その日から、朝海はいつものように署轄の刑事とペアになって聞き込み捜査にあたることになった。

渋谷の事件と絡み、地取りの他に、彼らの交友関係を当たっていく。

他の法科大学院生に覚醒剤が蔓延《まんえん》しているかどうか。

彼らはどういうグループでどういう人間関係だったのか。綿密に捜査していくことで、その法科大学院で起こっていた一連の事件が明確になってきた。

――弁護士を目指すのもずいぶん大変なんだな。

一連の事件の資料を熟読しながら、朝海はこれまであまりよく知らなかった法科大学院の暗部に初めて触れ、改めてその現実の厳しさを認識した。

新宿で殺されたホストクラブの店長。K法科大学院側を詳細に洗ったところ、その男は昨年までここの法科大学院に所属している学生だった。

法科大学院は、今、険しい道を歩まされている。

改善されつつはあるとはいえ、卒業したところで新司法試験に合格しないと、就職もなかなかできないという現実。

しかも新司法試験を受験できるのは、卒業後五年以内に三回までと決まっているため、合格しなければ、ただの受験崩れとなってしまう。勿論、その場合でも他の法科大学院を卒業し直せばまた受験できるという抜け道はあるが。

渋谷で殺された男女も、法科大学院を卒業しながらも新司法試験に二度失敗した浪人生だった。

試験の困難さ。その試験に合格したところで就職先があるかどうかわからない不安。

さらに、試験にリタイアすると、年齢的にいい職場が見つかりにくい。しかも法科大学院の学費のために借金をしている学生も多い。

学生たちにはひどいストレスと不安が蓄積され、心療内科に通う者、ニートになってしまう者等、いろいろ分かれるが、そのなかでもタチが悪いのが、他の受験生の邪魔をする受験生だ。自分だけができないのではなく、みんなができないのだという流れにしたいという気持ちから悪事を行う者もいるらしい。

K大学法科大学院では、新宿で殺されたホストを中心にそのグループができあがり、それが学内の問題となり、ホストは昨年のうちに大学から除籍処分を下された。

それが原因で彼はよけいに他の学生達への妨害を企てるようになり、バイト先のホストクラブで覚醒剤を入手するようになり、受験生たちには徹夜で勉強できるいいクスリがあるとして、覚醒剤を売りさばくようになったのだ。

だがその入手先が問題だった。

『城崎組《きざき》』という、素人が迂闊に近づくには危険な組織だったのだ。

法科大学院の講師には刑事訴訟法の学者や元検察官など、法律のスペシャリストが多い。このままだとまずいことになると判断した『城崎組』は、クスリに関わりのある学生を自殺や心中に見せかけて殺害した……というのが事件の流れだろう。


ホストクラブの店長がどうやって城崎組から薬を手に入れたのか。その薬は、かつて喜代原が入手していたところと同じなのか。

朝海は以前に殺人事件のあった新宿のホストクラブにむかったが、暴力団と直接つながりがあることを証明できるだけのことは見つからなかった。

――やはり例の店を直接当たったほうがいいのか。しかし署轄の刑事を連れていると危険なことになるかもしれないな。

朝海は、それなりの理由をつけ、一緒に行動していた署轄の刑事を世田谷南署に戻すと、ひとりで歌舞伎町の、以前に名刺をもらったピンサロにむかった。

しかし店はまだ午後四時ということで開店までに時間があった。

——始まるのは五時か六時か。

朝海はその隣の居酒屋から聞こえてきた笑い声に吸いこまれるように店の中に入った。

煙草《たばこ》の煙がくゆった薄暗い店内には、最近流行の中東系のポップスが流れ、楽しそうに談笑する男女がテーブルについている。

カウンターに座り、朝海はミネラルウォーターを注文した。

煙草のにおいと大音響で流れる音楽が心地よい。

見まわせば、音楽に乗って踊っている者や、コーナーの席でいちゃついている男女。

飛高の受け売りではないが、その気になってみれば、全員がヤクをやっているような、そんな錯覚すら覚えてきそうだ。

——あと三十分ほどか。この店でも聞き込みにあたるか。

カウンターにいるウエイトレスにさりげなく隣の店について訊いてみようとしたそのとき、胸の携帯電話が振動した。

着信を見れば月山だった。ペアを組んでいる署轄の刑事を先に帰したことで、ずいぶん立腹している様子だった。

『駄目じゃないか。捜査の基本はふたり行動だ。単独の行動は危険なので赦されていない。第一、新宿のホストクラブ店長殺人事件は、組織対策課が担当しているので、我々が手を出すと大森課長からクレームがつく。それがわかっていて、そんなところに行ったのか』

めずらしく月山が声を荒げていた。

『それよりもまたK大学法科大学院で、自他殺不明の遺体が見つかった。すぐに現場に行け。余計なことに関わる時間があれば、おまえは目の前の捜査に集中するんだ』

そう言われ、店から出た朝海は、まっすぐ靖国《やすくに》通りへとむかった。

この時間帯、タクシーを捕まえて世田谷に行くべきか、小田急《おだきゅう》線に乗るべきか、どちらが早いか、逡巡《しゅんじゅん》しながら雑踏を歩いていたそのとき、以前、朝海を襲った角刈りの大男が歩いているのが見えた。

——あれは……。

人混みのなか、すれ違いざま、ひとりの男になにか袋のようなものを渡している。その男は、今ちょうど月山が名前を出していた組織対策課の大森だった。

「……そういうことか」

朝海は目の前にやってきたタクシーに乗り、リアシートに身をあずけながらぽつりと独りごちた。

喜代原、そして石井《いしい》という月山の部下の死。その裏にいた大森と月山……。

そしてさらにその後ろにいるのが、ちょうど朝海の父親や兄と敵対関係にある、現在の捜査本部長。

その捜査本部長が、まだ捜査一課長の頃に、喜代原の事件があった。

そしてその捜査本部長は、現政権の与党幹部の親族にあたる。

その与党幹部の後援会に、『城崎組』関係の企業があることは周知の事実だ。

なぜ自分のところに、月山が係長として配属されたのか。

それはなにかあったときに口封じができる位置に置いておくためのものであったのではないか。兄や父への牽制《けんせい》もかねて。そしてもうひとつの事実にも何となくわかってきた。

飛高の背後にいる人間。それが誰なのか。

——だとしたら、飛高が危険だ。

朝海はタクシーを急がせ、途中で小田急線に乗り換え、世田谷にあるK大学のキャンパスへとむかった。

大学内の死体発見現場はすでに慌ただしく周囲にロープが張られ、警察車輛が取りかこんでいた。関係者以外が入れないようになっている。

「通してくれ、捜査一課だ」

なかに入っていくと、ちょうど飛高の上司にあたる管理官が前から現れた。

「被害者は？」

朝海は管理官に声をかけた。

「朝海主任、一応解剖にまわすことになったよ。飛高の見立てでは、今回の遺体は単なる自殺。事件とは関係がないそうだ。就職に悩んでいた経済学部の男子学生が、たまたま騒ぎに釣られ、連鎖反応のようにキャンパスで首を吊《つ》ったというのが彼の見立てだった。くわしいことは解剖の結果が出てからということになるだろうけど」

「飛高が自殺だと言ったのなら、その可能性は高い。……ところで飛高は？」

朝海は薄暗いキャンパスをぐるりと見まわした。鑑識のなかに飛高の姿はない。

「飛高なら、自殺者の遺留品がないか、正門前のあたりを調べにいったままだ」

「正門前？　法科大学院のあるこちら側は裏門にあたるわけですね」

「ああ、正門前はクリスマス前ということもあって、ツリーが飾られていた、どうも仏さんは、そのあたりをふらふらしたあと、こっちのほうまできて、法科大学院の教室で首を括《くく》ったみたいなんだ。飛高はその足跡を辿っているところだ」

朝海は月山のところにはむかわず、まっすぐキャンパスの中庭へとむかった。

K大学院はミッション系の大学ということで、クリスマスは華やかな飾り付けがなされることで有名である。

事件があったため規制線が張られ、関係者以外、一切入れないようにはなっているが、正門前にあるチャペルのからくり時計が午後六時に動き始めるということで、門扉のむこう側に十数人ほどの見物客が集まっていた。

門のむこうからからくり時計とクリスマスツリーのイルミネーション、それから噴水だけは見学できるようになっていた。

午後六時の鐘が鳴り、門の真ん前にある噴水から一斉に水飛沫があがった。

音楽とともにからくり時計が動き始め、門扉の前にいる人々の間から歓声があがる。学生寮の学生たちも何人か外に出てきて、噴水の近くでからくり時計を見ていた。

目映いイルミネーションを浴び、金色の雫が煌めきながら上空を覆っていく。

目を凝らしてみれば、ちょうどその噴水のむこうで、飛高が鑑識札を手に遺留物の探索を行っていた。

——飛高……あんなところにいたのか。

危険だと言わなければ。いや、その前に例のことを確かめなければ。飛高の背後にいる人間。それが誰なのかを。

噴水がさらに大きく水をあげ、見物人からの歓声があがったそのとき、警察の制服を着た男がサッと勢いよく朝海の前を横切っていった。制服を着ているのは、警備に当たっている警備員だ。

——見かけない男だ。あんな機動隊がいただろうか。

警備をしているわけでもなく、あたりをちらちらと確認している。朝海にはあまり注意をむけていない。彼の目はあたりを確認している鑑識課員の様子を確かめているようだ。

そのただならぬ様子。殺気のようなものを孕んでいる。

警備員がどうして鑑識課員を気にしているのか。

一瞬、首をひねったものの、朝海はすぐにハッとした。

違う、あれは警備員の振りをしているだけだ。誰かを捜している。

だとしたら、飛高だ。

おそらくナイフか銃か、なにか凶器を隠しているはず。

――飛高が危ない！

朝海がぱっと駆けだそうとしたとき、男はその動きに気づいたのか、朝海よりいち早くクリスマスツリーのむこうにいる飛高に近づこうとした。

駄目だ、間にあわない。だが大勢の人間の前で騒ぎは起こせない。

とっさに朝海はクリスマスツリーをドンと勢いよく蹴飛ばした。

ぐらりと大きく揺れる巨大なツリー。パラパラと飾りが落ち、歓声が「きゃーっ」という悲鳴に変わった瞬間、クリスマスツリーの枝がバサリと警備員の背に当たった。

「――っ！」

警備員の躰がキャンバスの芝生に投げ出される。群集の視線が注がれるなか、朝海は素早くその男のもとに駆けよっていって、上から男をねじ伏せた。

確かめると、その男は手に改造銃を隠し持っていた。

「どうしましたか！」

クリスマスツリーが倒れたことに驚き、警察官のひとりが駆けよってくる。

「不審な動きをしていた。警察の制服を着ているが、おまえ、知っているか」

警察官は朝海の腕の下にいる男をまじまじと見たあと、かぶりを振った。

「知りません。今日のメンバーは全員把握していますが、こんな男はおりません」

「凶器を持っている。改造銃だ。銃刀法違反の現行犯で逮捕し、何者なのか、即行で調べるんだ」

「わかりました」

ふたりの警察官に両腕を掴まれ、男が警察車輌へと連れられていく。

「もっと警備を厳重にしろ」

額に落ちた前髪を払い、朝海はあたりを見まわした。そのとき、暗闇のなかからすっと月山が現れた。

「助かったよ、朝海、おまえのおかげでひとりの怪我人も出さずにすんだ。イルミネーションを見ている一般人たちにもしものことがあったら大変だからな」

朝海は現れた月山を一瞥した。

白々しいことを……。朝海の口元に薄い笑みが浮かぶ。

「……なにもなくてよかったです。あと、事件も自殺という線が強いそうですし、俺はこのまま本部に戻って、引き続き、法科大学院生連続殺人事件について捜査を続けます」

「そのことだが、今から本部で会議が行われることになった。急いで戻るんだ。俺もあとからすぐにむかう」

「わかりました。では先に戻っておきます」

「頼んだぞ」

月山が姿を消す。あたりはまだ喧噪《けんそう》に包まれ、警察官たちが倒れたクリスマスツリーをもとにもどそうと躍起になっている。

飛高もそれを手伝っていることに気づき、朝海は彼に近づいた。

「おまえ、そんなことをしていないで自分の身の安全をはかれ」

「安全って……あの、今の男は何だったのですか」

眼鏡の縁をくいっとあげ、飛高はいつものように綺麗な笑みを見せた。

「おまえを狙っていたらしい」

「私を？」

目を眇め、飛高は考えこむような顔をした。

「思い当たることがあるのか」

「……ええ、多少は。最近、よくつけられていますし、寮の部屋にも不審な者が侵入した形跡がありました」

「……そんなことが。どうして俺に相談しない」

「心配させたくなかったというのもありますし、まあ、直接なにかされたわけでもないので大丈夫かと」

「大丈夫じゃないじゃないか。実際、今だって！」

その肩をがっと掴んだ朝海に、飛高が呆れたように言う。

「らしくない、変ですよ、クールなあなたが声を荒げたりして」

「変なのはおまえだ、死にかけたというのに平然として」

嫌な予感がする。喜代原のように飛高も喪ってしまったら……という恐怖が胸に広がり、どうしようもない焦燥となっていく。

「飛高、おまえはもういい。さっさとこい」

飛高の腕をぐいと引き掴む。

「待ってください、どこへ」

「いいからくるんだ」

朝海は正門へと早足で歩いた。

「捜査一課の朝海と鑑識の飛高だ。俺はこのまま捜査本部に。飛高は本庁に戻る」

門の前の警察官に告げると、朝海は駐車場に停めてあった飛高の車の前に進んだ。

「キーをかせ」

彼のポケットからキーを取り、運転席に座った。

「ちょ……これ、私の車ですよ、朝海主任」

「いいから乗れ」

「はあ」

きょとんとした顔で、飛高が車に乗りこむ。

「おまえを匿《かくま》う。しばらく姿を消してくれ」

「どうして」

「説明はあとだ。とにかく道を急ぐ」

飛高が隣に座ったのを確認すると、朝海は静かに車を発進させた。

バックミラー越しに飛高の顔を見ると、あいかわらず淡々とした様子で前を見ている。

その無感情な表情。何の動揺もない。たった今、命を狙われたばかりの者とは思えない落ち着き。この男らしいといえばそうなのだが。

「飛高……月山係長がおまえを狙っているかもしれない」

「そうですか」

その平然とした様子。朝海は低い声で尋ねた。

「知っていたのか？」

「私の鑑識眼に思いこみによる間違いが多いと、上層部にクレームを申し立てていたんです。勿論、そんなことはありませんので、彼の申し出は一笑されていましたが」

「彼……それから、組織対策課の大森。このふたりは今回の事件と絡んでいる」

「断定していいんですか？」

「カンだ。だがこれまでに外れたことはない。科学に基づいたおまえの鑑識眼も天才的かもしれないが、俺も経験則から、多少は物事の本質を見抜く目には自信がある」

「主任……」

「証拠を固めて逮捕できるようにするから、それまで安全な場所に隠れているんだ。でないと殺されてしまうぞ」

「私を匿うなんて……そんなことして、あなたの立場が悪くなりませんか」

「でないと、おまえがそのうち消されてしまう。喜代原や石井のように」

信号で停まると、朝海はちらりと隣に座る飛高を見た。じっと飛高がこちらを見つめ返す。すでになにもかも悟ったような眼差しで。

何の音楽もラジオも流れていない車内は、機械しかない部屋に閉じこめられたような静けさに包まれている。交差点を右折する車のライトだけが彼の端麗な顔を照らしては、深い影を作っていく。

しばらく朝海を見たあと、飛高はふっと微笑した。

「ええ、そうなるでしょうね」

さらりと返す飛高に、朝海は眉をよせる。

「ええって。おまえの命が狙われているんだぞ」

「わかっています。でもそのときはそのときです。変死体で発見されたら、あなたが検屍に立ち会ってください。骨片のひとつくらい、持っててくれたらうれしいです」

飄々《ひょうひょう》として言う飛高の頬を、朝海はパンとはたいてやった。

「っ……なにするんですか……また凶暴なことを」

飛高の批難を無視し、朝海は言葉を続けた。

「とにかくしばらくは安全な場所にいるんだ。月山たちは俺がすぐに逮捕してやる」

「バカな。私はこのまま捜査を続けます。ようやく一連の事件が解決しそうなときに。科学捜査のデータもいろいろと出てくるころです。それも確かめたいですし、さっきの自殺の遺体も検屍にあたりたいです」

「自分が狙われていることにもっと危機感を持て」

「どうして」

「どうしてって、当然じゃないか。おまえの生死に関わることなんだぞ」

呆れたように朝海は言った。

「あまり自分の生に興味ないんです。生きていることに実感が湧かなくて」

「……まだ世界はモノトーンにしか見えないのか」

「これがモノトーンかどうか……それすらも私にはあまりよくわかりませんが、あなたといるときだけ、まわりは明るく見えて、生きているって気がするのは事実です……あとはいつもこういうファインダーのむこうから世界が透けて見えている感じで、何か全部どうでもいい感じがするんです」

両手の親指と人差し指を伸ばし、飛高が目の前に四角い空間を作る。

「……外国で両親を亡くしたと聞いたが、それが原因なのか？」

さぐるように問いかける。

「どうなんでしょう……。そうなのかそうでないのか考えたことはありません」

シンと静まった車内。対向車のライトと時折聞こえてくる車のクラクションが朝海の耳に虚しく聞こえた。

本当に何にも執着していない、機械のような男だと改めて実感した。この男といることが心地いいのは、そうした無機質な空気があるからだ。

しかし今、そのことに寒々しい気持ちを覚えていた。自分の命にすら何の関心もなく、危険への危機意識の欠片《かけら》もないことに。

「俺といるときだけって……それなら、気が済むまでそばにいてやる。だから、今は自分の命を守ることを考えてくれ」

朝海はアクセルを踏みしめ、スピードをあげた。

「どこに行くんですか」

「俺の実家だ。おまえにとってはそこが一番安全だろう。兄に護衛をまわしてくれるように頼む」

「あなたの兄？」

飛高の声音が低くなる。一瞬の沈黙のあと、飛高はふっと鼻先で嗤った。

「やっぱり……そうなんだな？」

朝海の問いかけに、飛高は何の返答も返さなかった。ただじっと前を見つめているだけで。窓に映る飛高の横顔を一瞥し、朝海は静かに肩で息を吐いた。

――やはり……そうか。

飛高の背後にいるのが兄ならばすべての謎が解決し、一本の線につながる。月山や大森との兄の確執、さらに喜代原の件、そして。

「兄は、以前にＦＢＩに短期で研修に行っていた。そのとき、知りあったんだな」

「ええ」

「じゃあ、何もかも知った上で日本にきたのか」

「はい、あなたのそばで働くことを条件に」

「何でそんなバカなことを……」

「言ったじゃないですか。あなたといるときだけ、人間らしくなれると。身代わりでも何でもいいから、あなたの傍にいて人間としての情を知っていきたかったんです」

「飛高……」


実家に着くと、家のなかにある離れに飛高を連れて行った。

以前は蔵として使っていた離れは、小さな和室にキッチン、トイレに風呂場と一通りのものがそろえられている。

たまに兄が重要な人間を匿うのに使っているのでセキュリティは万全だった。

兄から連絡があり、あと一時間ほどで信頼できる護衛を送りこむことができるので、それまでは朝海が飛高の身を護るようにと言われた。

「午後八時か。とうに本部での会議は始まっているな」

携帯電話にはさっきから何度も月山や他の同僚からの着信が入っている。会議にこない朝海を不審に思っているのだろう。

腕時計の文字盤を一瞥し、このあとのことを朝海は頭でシミュレートした。

午後九時に兄が送ってきた護衛と交代し、そのまま世田谷の特捜本部に戻ったとすると、到着するのはその一時間後になるだろう。

『急用ができました。午後十時過ぎには本部に戻ります。用がありましたらメールをください』

月山にメールを送信すると、朝海は冷蔵庫を開けた、水以外になにも入っていない。

「なにか食い物を用意させる。腹が減っているだろう」

「さっき弁当を頂いたので大丈夫です」

「しかし」

「顔色が悪いです。私のことであなたが困ったことになっているんじゃないですか?」

「大丈夫だ、俺のことは。おまえは自分の身の安全だけ気をつけてくれ。とりあえず、コーヒーか紅茶でも用意しよう」

立ちあがって、庭のむこうにある母屋にむかおうとした朝海の手をすっと飛高が掴む。ふりむくと、飛高はじっと朝海を見つめ、かぶりを振った。

「ここにいてください。護衛がくるまでの一時間。そばにいて私を護ってください」

眼鏡の奥の目が切なそうな色をにじませている。以前の飛高からは感じられなかった感情の揺れのようなもの。一途な眼差しに胸が熱くなる。

「飛高……」

「そばにいてくれるだけでいいんです」

「……わかった」

朝海は障子を閉め、畳に腰を下ろした。そのとき、戸が閉まったかすかな振動で、ふっと壁にかかっていた掛け軸が揺れ、飛高が視線をむけた。

「……さっきから気になっていたんですけど、これ、綺麗な……毛筆の掛け軸ですね」

掛け軸の前に行き、膝をついて飛高はじっとそこに記された文字を見つめた。

「ああ、それは祖母の形見だよ。公明正大……祖母の一番好きな言葉だ。いや、正式には祖父が一番好きだった言葉を祖母が書いたわけだが……この言葉通りの、潔いまっすぐな人だった」

朝海は掛け軸の前に座った。なつかしい祖母の毛筆。認知症になる前の祖母は、よく和服を着て硯《すずり》に墨を溶かし、凛とした姿で机にむかっていた。

「形見ということは、もう亡くなられたのですか？」

「俺が大学受験の日に。……子供の頃はよく遊んでもらったよ。むかいの公園に犬を連れて、毎日散歩して」

祖母も犬ももういない。そのときのことを思いだすと、胸がずきんと痛んだ。

「……お祖母さん、大好きだったんですね」

「何でそんなことを訊く？」

「あなたがいつになく淋しそうな顔をしているのと、この字があなたのものに似ているように感じたので」

さすがに鋭い。両親も兄も姉も、朝海の字のことなど気づいていないことなのに。

「昔、祖母に毛筆と硬筆を習ったことがある。行儀が悪くて、正座が苦手だったので、結局うまくならなかったが」

「私は好きですよ。主任の字は気性通りまっすぐで……そう、ここに書かれている『公明正大』という言葉……あなたこそがぴったりです」

「そんなにいいものじゃない」

「いえ、あなたそのものの言葉です」

真摯な眼差しで飛高が顔を覗きこんでくる。

まっすぐなのは飛高だ……そう思った。まっすぐな気持ちでいつも自分を見てくれる。だから愛しい。

じっとその目を見つめ返すと、飛高は朝海の肩に手をかけ、頬に唇を近づけてきた。

「飛高?」

「キスしたくなったんです」

ふわりと微笑する姿に胸を衝かれる。

こみあげてくる愛しさ。この男の一途さ、真摯な気持ちがどうしようもなく愛しかった。

衝きあがってくる激情のまま、朝海はその唇を吸った。何度か唇をあわせ、互いに瞼を閉じて優しいキスをくり返した。

「ん……っ……ん……」

よかった、この男が無事で。そんな実感が湧いてくる。

最初は騙されたような形で始まった関係だった。

次は喜代原の身代わり。

ゆるくて適度に楽しめる肉体関係の相手……そんな感覚で始めたのに、この男が狙われているると思っただけで胸が裂けそうな痛みを感じ、いてもたってもいられなくなってこんなところに連れてきてしまった。

——俺は……どうしてまた……。もう誰かを好きになんてなりたくなかったのに。捜一の鬼と言われるまま、仕事にだけ専念していきたかったのに。

自嘲の声が胸に響く。それなのに愛しさのまま飛高の背に腕をまわしていた。

「ん、っふ……ん」

喉から鼻にかかったような、官能的な声が出る。

朝海は飛高の鑑識の制服のボタンをはずし、その腹部に手を滑らせた。張りのあるしなやかな皮膚が心地よく手に吸いついてくる。

いつしかキスは、互いの口内を貪るような激しいものに変わっていた。

絡めあわせた舌を吸いあっては放し、顔の角度を変えて舌をもつれさせていく。

せっぱ詰まった状況はわかっている。飛高の命が狙われている現実も。キスに心地よさを感じている場合ではないことも。

けれど、こうしていられる時間が決して永遠ではないこと、ほんの刹那の時間のことだと思うと、迷ったり悩んだりして無駄にはしたくなかった。

この一瞬の触れあい、この一時のぬくもり。それを今掴みとらなければ失ってしまうような気がして恐くなるのだ。

飛高が胸に手を忍ばせてくる。触れられただけで胸の粒がぷっくりと膨らんだ。

「俺と……やりたいのか?」

唇を離し、朝海は問いかけた。飛高は眼鏡の奥の目をなやましげに細め、じっと朝海の顔を凝視してきた。

「いいんですか?」

そんな目で見つめられると、そのままこの男を押し倒し、その上にのしかかって自らの内側におさめてしまいたい衝動を感じる。

奇妙なほど荒々しい劣情が湧いてきていた。

「ああ。だけど、その前に約束してくれ。月山たちを逮捕し、安全が確保できたら、おまえはアメリカに戻れ」

「……どうして」

飛高が目をみはる。

「日本にいるより、むこうにいたほうがおまえの能力が生かされる。俺はおまえの才能をもっと有意義な形で世の中に役立てたほうがいいと思うんだ」

己のなかの飛高への情愛、恋情。すでにはっきりとした形になっている想いへの未練を断ちきるように、朝海ははっきりと言った。

「だからアメリカに戻るんだ、いいな」

「それを決めるのは私です。それに、アメリカで私が……役に立つかどうかなんて、どうしてあなたにそれがわかるのですか?」

「……わかった。では言い方を変えよう。警視庁を辞め、自由なひとりの人間として、自分が活躍できる場所を捜せ。このまま警視庁にいてはそれができない」

「私がいると迷惑なんですか」

「そうじゃない」

「私はあなたの役に立っていないんですか」

「どうして話がそっちにいく。俺は関係ない、おまえの将来について話してるんだ」

「私の?」

「兄のもとで働くのは辞めろ。あいつは多分間違ったことはしない。立派過ぎるほど立派な警察官僚だ。…組織のために、自我ですら見事に封じこめることができる」

「すばらしい人じゃないですか」

「ああ、警察官僚としては最高だ。だが人間としては……。所詮、あいつにとっては、おまえはただの有益なコマ、イヌでしかない。あいつはおまえという天才を支配下に置き、利用し、これからも地位をあげ、組織を統率していこうとするだろう」

それが朝海には許せなかった。かつて喜代原がそうであったように、また愛する者が兄のために犠牲になったら……と思うと。

たとえそれが兄の信念によるものだとしても。

ましてや喜代原とは違い、飛高は朝海への想いのために兄のイヌとなり、日本にやってきた。喜代原の身代わりになると承知で。

「いいんですよ、私はそれで。あなたのそばにいられるなら」

飛高は静かにほほえんだ。

「よくない。おまえにははかりしれない才能がある。それを無駄に散らすな」

飛高の両肩を掴み、朝海はその顔を睨みつけた。

「でもアメリカにはあなたがいません」

朝海はじっと飛高を見たあと、肩で息をついた。

「おまえは勘違いしているだけだ。俺から押し倒されたとき……おまえはそんなことが初めてだったからそれを勘違いして俺に執着しているだけだ」

「他の人から迫られたことくらいあります。こう見えても男にも女にももてるんですよ」

「……じゃあ、何で俺なんだ」

「自分でもわかりません。ただあなたがいいんです。そしてあなたも私のことが嫌いじゃないはずです」

真摯な眼差し。切なく訴えるような。朝海は胸が痛くなり、ぎゅっと唇を噛み締めた。

おまえは……捨て犬か。これ以上、俺に懐くな、そんな目で見るな――。

野生のサーバルキャットのようだと思ったのに、風変わりな捨て犬に懐かれたような感覚に陥った。その無垢《むく》なまでの想いへの愛しさと同時に、身代わりでも何でもそばにいたいと思っている一途さへの苛立ち。

この男は、己の感情が恋や愛という感情だと自覚しないまま、多分、四年前から朝海に恋をしてしまったのだろう。

そして兄に誘われるまま、朝海のために役立ちたいという想いだけでここにやってきた。だからいつも覚悟を決めたような顔で、なにも動じず。多くを望まず。

その気持ちはとても嬉しい。けれど……。

「確かに嫌いじゃない。だけどおまえを見ていると辛いんだ。喜代原を思いだして前に進めない。だからアメリカに帰ってくれ。身代わりは必要ない」

「主任……」

「おまえが目の前にいると、俺が辛いんだ……だから……」

嘘だ。本当はおまえがとても好きだ。絶対に喪いたくない。誰かにその能力を利用され、こんなふうに危険な目にあっている姿は見たくない。ましてやその根源に自分への思いがあるなんて。喜代原のときのようなことになったら。しかも今度は自分のせいで……と思っただけで、いてもたってもいられなくなる。

「私が必要ないんですか」

「ああ」

「私がどんなに努力しても、どんなに高い能力を身につけても……ダメなんですか」

「……すまない」

そう告げた瞬間、飛高は大きく息を吸い、朝海の肩に手を伸ばしてきた。ぐいっと引っぱられたかと思うと、背中から畳の上に倒される。

「飛高？」

飛高の影が顔にかかり、朝海はその顔を見あげた。

「なにをしてもダメだというなら……いっそあなたを殺してやりたい」

朝海の上にのしかかり、飛高は肩を押さえつけてきた。ふたりの躰が重なる。

——飛高……。

冷たく凍ったような眼差しで飛高が自分を見下ろしている。いつもの無感情さのなかに、なにか淋しげな色をにじませて。

時が止まったように、朝海は飛高と視線を絡めた。

しばらくじっと朝海を見たあと、飛高はかぶりを振り、腰を掴んできた。


「く……っ……ひだ……っ」

ズボンをずらし、そこを慣らしもせず、硬度を増していた屹立をあてがってきた飛高は、苛立ちを吐きだすように朝海の躰を求めてきた。

「や……やめ……」

開いた脚の間を貫かれるのがわかり、反射的に躰をこわばらせた。猛々しいものがぐぅっと内部に抉りこんでくる。

「うぐ……っ」

硬い亀頭の先が肉の環を歪に押し広げ、乱暴に襞をまくりあげながら、奥へと沈みこんでくる。

「ぐ……っあぁ……っ」

肉塊が内臓を圧迫して激しく苦しい。けれど下肢ではぐしょぐしょに漏れた蜜が内腿を伝って、たらたらと畳に落ちていく。

「すごい……主任のなか……やらしく絡みついてきます」

ゆったりと腰をまわされ、甘い快感にいてもたってもいられなくなる。

「あっ……あぁ」

朝海の内部は浅ましく蠢き、呑みこんだ屹立に淫らに絡みつき、若い牡から精を搾りとろうとするかのようにずるずると飛高を呑みこんでいく。

「本当にどうしようもないビッチですね。現場では強面の鬼畜刑事のくせに……男を銜えこんだ途端、発情期の雌犬《めすいぬ》みたいになって」

飛高の呆れたような呟き。恥辱に全身が震える。抵抗しようとしたがその手で胸肌を乳首ごとぐしゃぐしゃと潰すように揉まれると、あまりの心地よさに背筋がぞくぞくと痺れてしまう。

「あぁ、やめろ……あぁ、ぁ!」

次の瞬間、飛高の両手が朝海の頸部《けいぶ》を絞めていた。

「飛高……なにを……っ」

ぐっと強い力で首を絞められていく。

「んっっ……くそ……やめろ……ん」

彼の手が首を圧迫している。彼から与えられる苦痛を凌駕するほどの強さで朝海の内部の肉がぎゅっと飛高を締めつける。

それに反発するように彼のペニスがいっそう膨らんで粘膜を刺激して苦しい。必死に爪を立てて手を放そうとするが、息ができないため脳が痺れていく。

「んんっ、くっ……」

「このまま殺して、検屍させてください。自分の証拠を消し、誰か見知らぬ男に串刺しにされながら、情死した刑事……として報告してあげます。面白くないですか？」

飛高は覚めた目でじっと朝海を見下ろし、きりきりと首を絞める手に力を加えた。

ぎゅっと骨を砕くほどの勢いで絞められていく。苦しさのあまり、朝海の足はよじれ、踵がずるりと畳をこする。

「く……俺を……殺したいのか」

「ええ……いらなくなったら捨てるなんて……あなたは最低です」

「く……っ」

飛高の目。そこに憎しみはない。悲しみもない。ただ淋しげな色だけが。

「なら……殺せ」

ゆっくりと瞼を閉じ、息を止める。しかしすぐに飛高は朝海の首から手を放した。

首の拘束がなくなり、躰が軽くなった。そのとき、ふいに頬になにか熱い雫を感じた。

涙――――？

はっと目を開ける。だが飛高は朝海の視界からのがれるように顔を背けた。

「冗談ですよ、殺す気なんてありません」

「飛高……」

「ただ……締めつけがよかったから……からかっただけです」

勢いよく朝海の腰をさらに引きつけ、足を腕にかけると、根元まで貫いてくる。

「あぅっ」

深く埋めこまれたものの圧迫感。さらに勢いを増していく肉塊に狭路を荒々しく押し広げられ、必死に眉根をよせてそれにこらえる。

「ん……ん……う……っ」

突きあげられ、熱い息を吐き続ける。荒々しい律動のたびに全身を大きくしならせ、息を喘がせながら快楽に溺れていく。

——飛高……。

純粋に愛しかった。バカみたいに惚《ほ》れている。

だからこそ犠牲にしたくなかった。

喜代原を喪った痛み。理不尽な犯罪への激しい憤り。

その絶望と憤りに支えられ、鬼畜となって捜査に身を注いできた。この男と再会するまでは。

だがこの男と接すると封印していた自分の感情が刺激される。

かつて祖母に感じていたもの、喜代原に抱いていたもの、そんな大切な存在への愛情と……こうしていつでも体温を分かち合っていたいという官能的な恋情。

ただ躰を重ねるだけのつもりでいたのに。

欲望を貪るように、ゆるく、適当につきあっていたつもりが、この男のぬくもりや、実は自分のことを思っていたその一途さ。

少しずつ感情を失っていた朝海の魂は浄化され、今ではただ胸の奥に切なさだけが湧いてきてしまっている。

だから誰にもその命を奪われたくない。もう大事な人間を喪いたくなかった。

## 7　プライドと幸せ

「では、俺は本部に戻る。あとのことは頼んだぞ」

兄の部下に厳重な警備を頼むと、朝海《あさみ》は世田谷《せたがや》南署にある特別捜査本部にむかって車を飛ばした。

その途中、兄から電話があった。朝海は路肩に車を停めた。

『明日、腐った警察官どもを一掃する。極秘事項なので、時間、場所等は教えられないが、一応、その旨《むね》だけは伝えておく。飛高《ひだか》の安全は確保するが、理史《さとし》、おまえもくれぐれも気をつけろよ。落ち着くまで本部には顔を出すなと言いたいところだが』

「ダメだ、そんなことをすれば、あんたたちの動きを勘づかれる。俺は大丈夫だ、いつもどおりにする」

『おまえが勘づいていることがわかると危険だぞ。喜代原《きよはら》や石井《いしい》のこともある』

兄の言葉に、朝海は一瞬押し黙ったあと、問いかけた。

「ふたりは……やはり……罠《わな》にはまって？」

沈黙。そして静かに兄が答える。

『確証はないが……そう思っている。だからといって今回の事件に私情は入れるな』

「当然だ。あんたに言われるまでもなく。どうせ明日、全員、逮捕されるんだろう。それより……飛高のことだが……」

言いかけたとき、電話のむこうで誰かが兄の名を呼ぶのが聞こえた。

『部下がきた。その件はまた改めて話そう』

兄が電話を切る。朝海はため息をつき、携帯電話をしまうと、車を再発進させた。

特別捜査本部に着いたのは夜半過ぎ。

「主任、休日の夜間ということで、大学側のコンピューターも動かせないので、帰られた刑事さんが多いですよ」

事務の女性に言われ、本部のなかに入ると、人気はなかった。会議の資料だけが散乱している。

「もうみんな帰ってしまったのか」

がらんとした会議室に入り、ボードの前に置かれていた会議用の資料を見ながら、朝海は席についた。

——あと一日……か。月山《つきやま》と大森《おおもり》もこれで逮捕される。

そのあと、飛高はアメリカに帰る。

さっきの情交中、飛高はずいぶん傷ついた様子だったが、それでももう自分のために彼を犠牲にはしたくなかった。

朝海のために日本にきたと言う彼。

朝海はまったく覚えていなかったというのに、彼はあのときの約束を一途に思って、日本にやってきた。しかも知らないうちに彼は朝海の命を救ってくれていた。自責の念で苦しんでいた心とともに。

『そんなに自分が許せないのなら、警察を辞めたらどうですか。そうすれば少しは救われますよ。自殺して救われると思ったら大間違いです』

医師の言葉と思っていたが……あれは飛高の声だった。

そして約束を果たすため、兄の下で働くことを条件に警視庁に入り、鑑識になって。

『いいんですよ、私はそれで。あなたのそばにいられるなら』

本当に満足そうに言っていた。思いだしただけで胸が痛む。あんな一途な男……愛しく思わないわけがない。そういう人間がいてくれてどれだけ幸せか。

しかしだからこそ、彼をもっと広い世界で羽ばたかせたい。アメリカに帰って、安全で、もっと大きな場所でその能力をもっと役立てて欲しいと思う。

それがせめてもの自分のプライドだった。

彼はまだ若い。これから他の誰かを好きになることもあるだろう。そのときは、笑って祝福してやる。そう思ったときだった。

「……朝海」

低く抑揚のある声が響く。聞き慣れたその声にハッとして立ちあがると、本部の扉が静かに開いた。戸口に月山と大森が立っていた。

——大森もいる。ということは……俺を消すつもりか。

瞬時にそう思った。しかし警戒しながらも、朝海は笑みを作った。

「お疲れさまです。遅くなってすみませんでした。会議の資料を読ませてもらっているところです」

「朝海、おまえ、飛高のことを知らないか」

月山が声をかけてくる。

「飛高？」

「おまえと一緒に、現場を出るところを警備員たちが目撃している。行方を言え」

「飛高なら、駅まで送りましたが、それ以降は。彼がどうかしましたか？」

「飛高に逮捕状が出ているんだ」

「え……」

「さっきの警備員が言うには、飛高に頼まれて入りこんで、あのまま正門近くの女子トイレに忍びこみ、ナイフで威して襲う予定だったとか」

「何ですか、それは」

嘘をつくな。そんなバカみたいな犯罪を彼がするわけがない。おそらく軽微な犯罪で逮捕し、彼を捜査から外すことが目的なのだろう。

「月山係長……」

朝海は激しい怒りを感じたが、痛いほど自分の拳を握りしめてそれを殺した。

「頼人《よりと》は元気にしているか」

「……ええ」

「飛高の居場所を言え。頼人のところにいるんだろう。おまえたち兄弟そろって犯人隠匿《いんとく》で逮捕されるぞ」

「おっしゃることの意味がわかりません」

朝海は笑みを作った。

そのとき、トントンと扉をノックする音が聞こえた。はっとした瞬間、女性職員の声が扉のむこうから響いた。

「すみません、朝海主任にお届けものが届いています」

扉を開け、彼女が入ってきた瞬間、大森がにやりと笑い、銃を出すのが見えた。

罠だ。

「待て、戸を開けるなっ！」

朝海はとっさに銃をかまえて、月山にむけた。しかし戸が開く。次の瞬間、彼女の後ろから現れた男がガンとその後頭部を殴った。

「うっ……」

どさっと床に倒れ、意識を失っている彼女に、大森の部下が銃をむける。

見覚えがある男。大森の部下で、組織対策課の期待の星と言われている男だ。この男も仲間だったのか。

それに、あともうひとり、朝海、サングラスをかけた大柄な男が入ってくる。

「この女の命が惜しければ、銃を捨てて手をあげろ」

大森が歪んだ声で言う。本気の目。朝海はごくりと息を呑んだ。大森が目配せすると、サングラスの大男がナイフをだし、女性職員の喉元に突きつける。蛍光灯の光を反射し、鈍色《にびいろ》に光るナイフ。磨き抜かれた刃に、朝海の姿も映しこまれていた。

「待て」

朝海は銃を投げ捨て、手をあげた。にやりとほくそ笑んだ月山は、指先で無精髭を撫でながら朝海に近づいてくる。

「おまえ、本当にいい刑事だな。俺なら女性職員のひとりやふたり、どうだっていいけどな。そんな甘ちゃんだからいつまでも親友の死を乗り越えられねえんだよ」

「何だと」

舌打ちし、睨みつけた朝海の鳩尾《みぞおち》に月山がガンっと肘をぶちこむ。心臓にズンと響く振動。息ができない苦しさに朝海は顔を歪めた。

「いいな、おまえのその顔。おまえ、頼人と本当によく似てるよ。あの高慢な能面男をいたぶってるようで実に清々しい気持ちになる」

「く……」

「せっかくだ、朝海、おまえに喜代原の死の真相を教えてやるよ」

「え……」

「ついてこい」

朝海の目をじっと見つめたあと、月山は口元に冷ややかな笑みを刻んだ。

胸に暗雲が立ちこめたそのとき、大森の部下に腕を掴みあげられた。そのまま後ろ手に縛られ、朝海は捜査本部の外に連れだされた。


車に乗せられ、連れて行かれた先は、例のピンサロのある新宿《しんじゅく》の雑居ビルの地下だった。

携帯電話はとりあげられ、後ろ手に縛られたまま。

「今夜は休みになっている」

月山はそう言うと、奥の扉を開いた。

「俺をどうする気だ」

「明日、おまえは覚醒剤入りの死体で発見されることになるだろう。かつてのおまえの親友同様にな」

朝海は息を呑んだ。

「喜代原は頼人にたのまれ、暴力団と覚醒剤、それと警察官僚の関係について調べていた。そのことに俺が気づき、自分にも情報をわけて欲しいと頼んだんだ。家族のために金が入り用だった彼は、暴力団の動きについて少しだけ俺に教えてくれた。まさか俺が暴力団とつながっているとも知らず」

「何だって……」

「あいつはそのことに気づき、証拠をそろえて頼人に流そうとした。だから消すことにしたんだよ」

「え……では覚醒剤は」

「あいつが使用していたように見せかけただけだ。捕まえ、ここの地下室で一週間覚醒剤を打ち続け、ヤク漬けにしたあと、別のところに移動させて」

「まさか、石井はそれに気づいたから」

「そういうことになるな」

「なにが十字架を背負ってるだ、よくも俺を騙したなっ！」

では……では……喜代原は俺を裏切って覚醒剤を打っていたのではなく、この男に騙されて。

激しい憤りと哀しみが湧いてくる。

喜代原は喜代原らしく、正義のために殉職した。それなのに……覚醒剤を使用した暴力団絡みの刑事という汚名を被ったまま殺されることになったなんて。

深い慟哭《どうこく》が胸に衝きあがってきたが、それ以上に月山への猛烈な怒りが湧いてきた。

「おまえだけは赦さん……」

「怒りたければ怒れ。おまえにも喜代原と同じ目にあってもらうだけだ。弟がヤク中だったことがわかると、頼人の出世の妨げになる。こんな楽しいことはないな」

銃を大森に預け、月山は店の棚から、まっ白な粉を取りだした。

覚醒剤……。月山は笑いながら、袋の封を切った。

「っ……それを……俺に」

「ああ、これを打てば、すぐに天国にいけるぞ」

月山が目配せすると、そばにいた暴力団員が小皿に粉を落とし、水で混ぜ合わせ始めた。

男は棚から注射器を出し、そのなかに白く濁った液体を吸いこませていった。

「くそ、誰がっ！」

肩を掴んでいた大森を躰ごと突き飛ばす。

腹部を蹴りあげ、動けないようにしてそのまま扉にむかう。覚醒剤を混ぜ合わせていた暴力団員が「逃げたぞ、誰か捕まえろ！」と叫ぶ。

「待てっ！」

月山が後ろから追いかけてくる。朝海はふりむきざま、月山の鳩尾に膝を埋めこんだ。

「うっ……！」

月山がその場に膝をつき、蹲《うずく》る。さらにその顎を力任せに蹴りあげ、もう一度扉にむかったとき、扉が勢いよく開いた。

現れる大男。いきなり、バットを振り下ろされた。

「く……っ」

肩にバットがあたり、朝海の躰は弾けるように吹き飛んだ。

「手間をかけさせやがって。評判通りしぶとい男だ。それにしてもそっちの刑事さんたちは頼りねえな。両手を縛られた男に蹴られただけで気絶して」

後ろ手に柱に結びつけられ、身動きがとれなくなる。もがいていると、以前に見かけた角刈りの男が数人の部下を引き連れてなかに入ってくる。

「早くそいつをヤク漬けにしろ。本部長さまの命令だ。ついでに大森と月山も始末しろと言われたぜ」

本部長というのは、現在の捜査本部長のことだ。月山と大森が仕えている。

「く……っ」

何て奴だ。自分だけではなく、本部長は事件の全容を知る月山と大森も消すつもりでいたのか……。兄が苦労して倒そうとしている男のひとり。

「暴れるな。せっかくの楽しい夢が悪夢になってしまうぞ」

「誰が……楽しい夢なんて……」

朝海は必死にもがいた。

——くそ……覚醒剤なんて打たれるものか。

だがこのままだと確実に覚醒剤を打たれ、そのあとヤク漬けにして殺される。喜代原のように、遺体となって。月山と大森とともに。そして飛高に検屍されるのか?

「さあ、これから天国に連れて行ってやる」

若い部下に腕を掴まれ、袖をまくられる。

「離せ、やめろっ」

必死にもがき、何とかのがれようとした反動で、縛られていた後ろの紐《ひも》がとれた。朝海はドンと若い男の股間を蹴りあげた。

「うっ……!」

男がうめき声をあげて倒れる。その隙に数発鳩尾を蹴り倒すと、男の口から血飛沫があふれた。

しまった、やり過ぎた。と思ったが、そのまま注射器を踏みしめ、男の躰を引きあげる。

靴の下で注射器の針が折れ、プラスチックの注射器がぐにゃりと曲がって、中身が床に流れていく。

若い男の肩を掴み、朝海はその頸部に腕をまわす。

「このままこいつの首を折るのは簡単だ。さあ、早くそこを通してくれ」

何とかこの狭い空間から外に出て、助けを求めなければ。

そう思って角刈り男の部下を人質にしたつもりだったが、彼らは最悪な奴らだった。

「くそ、仕方ない、逃げろ！」

大量の覚醒剤を手にとると、彼らは朝海に捕まった人質をその場に残し、外からドアを閉め、電源を切ってしまった。

「待て、なにをするんだ！」

ドンドンと叩いても、何の反応もない。

そのとき、バンっとなにかドアのむこうで爆発するような音が聞こえた。

不吉な予感がした。

ガソリンのにおいがする。暗闇のなか、手探りで床に指を伸ばすと、扉と床の隙間からオイルのようなものが室内に入りこんできていた。

「あいつら、火事を！」

このまま部下も見捨て……全員、ここで消すつもりなのか。

ぱぁっとあたりが明るくなる。

刹那、激しい焔《ほむら》とともに扉が吹き飛び、爆風が飛びこんできた。

「くっ」

とっさに若い男の腕を肩にかけ、朝海は部屋の奥にすべり込むようにスライディングした。しかし爆風の勢いで朝海の躰か壁にたたきつけられ、左足に強い衝撃が走る。

「……っ！」

一斉に燃え上がる焔。部屋に窓はない。ガソリンがまかれているせいで逃げることもできない。警報機も鳴らない。

「くそっ、こんなところで死んでたまるか」

たちこめていく焔。煙を吸いこんではいけない。だが、焔にまみれたこのなかをどうやって逃げだせばいいのか。しかも左足が動かない状態で。

もう駄目だ、ここで死ぬしかないのか。

黒焦げになってしまっては、検屍のときにさすがに、あの飛高も顔色を変えてくれるだろうか。

——飛高……。

意識が遠ざかりそうになっている。息ができない。苦しくて肺になにかが詰まったようだ。足は鉛のように重くて動かない。

こういうのも殉職というのだろうか。

二階級特進？　そんなもの、欲しくねえ。それよりも欲しいのは……。

がらがらと音を立てて、棚や柱が落ちていく。ふっと消えそうになる意識。

熱風と煙にあおられ、もう駄目だ……と思いかけたとき、焔のむこうで自分を呼ぶ声が聞こえた。

「朝海主任っ！」

低い声。

飛高の声だ——と思った瞬間、朝海はがっくりと意識を失っていた。


「……主任、死んだって救われませんよ。喜代原さんだって喜びません。第一、私が困ります。あなたがいなくなったら」

この声に聞き覚えがある。

確か四年前もそう言って、この躰を蘇生させた男がいた。

「しっかりしてください、朝海主任。私に検屍をさせないでください！　一生、恨み続けます。どうか生き返ってください」

耳元で飛高が激しく叫んでいる。目を開くと、そこに飛高がいた。

「よかった……意識が戻ったんですね」

眼鏡の奥の綺麗な眸《ひとみ》、くっきりとした鼻筋、綺麗過ぎる男。どうやら救急車のなかにいるらしい。けたたましいサイレンの音が聞こえる。

「俺は……一体」

「機動隊が間に合いました。あなたが捜査本部に行ったあと、やはり危険を感じて、朝海警視正が機動隊に出動を要請したんです」

「……兄が？」

「ええ。新宿署が動いてくれて、私も彼が動いたことを知って、頼みこんで、すぐに現場に赴くことに」

「月山たちは……」

「地下室にいた全員、無事です。別の救急車に」

飛高のむこうに救急隊員の姿。朝海の意識が戻ったことを無線で病院に連絡しているようだった。

全身がズキズキと痛む。まだ意識がはっきりとはしないが、あの大火災のなか、自分が助かったことだけはわかった。

「飛高……おまえが……助けてくれたのか？」

焔が燃えさかるさなか、何度、もう駄目だ、もう死ぬのだと思った。しかし意識が遠ざかりそうになるのを感じた寸前、自分を呼ぶ飛高の声が聞こえた。

『朝海主任、私に検屍をさせないでください！』

その声に導かれるまま、この世に命を留めたような気がする。

「もう大丈夫そうですね」

「誰が……死ぬか」

「私はあなたの検屍をする気はありませんよ」

「バカ、てめえに……検屍なんかさせるか」

毒づいた言葉を吐くと、胸のあたりがズキンと痛んだ。おそらく肋骨が折れたのだろう。何となく自分でもわかる。

他にも足は確実に骨折しているはずだ、あとはどこを負傷したのだろう……と考えているうちに少し息が苦しくなり始めた。ふっと暗い闇に落ちていくような感覚。そして再び意識を手放していた。

躰がひどく熱い。目を覚ましたり、意識が遠ざかったり、記憶がとぎれとぎれのまま、また意識を失うということをくり返すうちに病院に到着していた。

手術室に搬送され、酸素マスクをつけられたことまでは何となく覚えているが、そのあとの記憶はない。

次に気がついたときは、病院の個室のなかだった。医師から肋骨数本と左足の骨折と左肘の靭帯《じんたい》損傷、それから軽度の火傷などがあったことを伝えられた。病院に搬送されたあと、左肘の靭帯の手術を受けたらしい。

そして続いて現れた捜査一課長から事件の全容について聞かされた。

「月山と大森は逮捕された。捜査本部長とともに。あのピンサロも摘発された。法科大学院生連続殺人事件の覚醒剤の購入場所として、経営していた城崎《きざき》組とともに」

「黒龍幇《ヘイロンバン》との関係は？」

「それまではまだ……。しかし城崎組が摘発でき、暴力団と関わりのあった幹部を一掃できただけでも大進歩です」

大進歩かどうかは、今後の麻薬密売の動きを見ていくしかない。だが、確かに腐敗した幹部を綺麗に除去することができたのはよかったと思ってもいいことだろう。

「朝海くん、すべて君の兄……朝海参事官のおかげだ。彼は何年もかかり、ずっとこのために動いていた。途中、喜代原くんの殉職という悲劇もあったが、ＦＢＩで飛高のような人材を見いだし、さらに何人もの部下を育てて……」

参事官ということは兄は正式に任官されたのか。それにしても何人もの部下……というのは、誰のことなのか。

さっぱりわからなかったが、明晰で隙のない兄のことだ、喜代原や飛高の他にも大勢の手の者を警察内部にひそませていたのだろう。いや、警察内部だけでなく、暴力団にも、他の数多《あまた》の組織にも。

「それで飛高は……」

彼は警視庁を辞めてアメリカに帰っただろうか。

別れの挨拶、それから助けてくれた礼くらいしたかったが、もし帰国したのならそれはそれで仕方ない。そう思って尋ねたのだが、課長からは予想外の返事が返ってきた。

「飛高？　ああ、彼なら毎日臨場して、活躍しているよ」

「え……では鑑識の仕事をまだ？」

「当たり前じゃないか。君や参事官と親しいようだが、彼はもともと新米の鑑識課員なんだから」

どうして警視庁を辞めない？　あれほど辞めろと言ったのに。

朝海は携帯電話を取りだし、何度か飛高に電話かメールでコンタクトをとろうとした。しかしその勇気は持てなかった。そんなことをしてまた顔を合わせ、縋るような目をむけられると、今度こそ彼を突き放す自信がなかったからだった。


それからしばらくして朝海は起きあがれるようになり、骨折した足のリハビリをしていると、兄がトレーニングルームを訪ねてきた。

せめて松葉杖で歩けるようにしないと退院の許可はできないと医師に言われたため、朝海は一日も早く退院できるようにと朝からトレーニングルームに詰めていた。

一歩、二歩と松葉杖で進んでいく。しかしギプスで固定された足を浮かせたまま、うまく杖をついて歩くことができない。

「く…っ！」

うまくバランスがとれずすぐにマットに倒れてしまった。

――畜生……これが俺か。

ため息をつき、マットに倒れこんでいると、ふっと上から自分を覗きこむ男の姿があった。床に伸びた長身の影。磨き抜かれた艶のある靴。

「……兄さん」

躰を起こし、朝海はバーを掴んで立ちあがった。

「ずいぶん熱心じゃないか。ギプスもとれていないのに。さすがだな」

「クリスマスイブの退院を目指している。年末までには本部に戻って仕事に復帰したいからな」

「そろそろ世間では忘年会の時期だ。急がないとクリスマスイブには、間にあわないぞ」

「ああ、だからリハビリに専念しないと。で、今日は何の用なんだ？」

「理史、今日、きたのは他でもない。今回の手柄で、参事官に昇進したよ。正式におまえ上司だ」

「そう言うな。誰のおかげで助かったと思うんだ。尤もあのときの礼は必要ないから、上司への多少の礼儀は示してくれ」

「上司として敬ってやってもいいぜ。ただし条件がひとつある」

朝海の言葉に、兄が眉間をよせる。

「あいつの件か?」

「ああ、あいつを解放してくれ」

「今後の進退については彼に任せるつもりだ」

「本当か?」

あまりに意外に承諾され、朝海は驚いたような顔で兄を見あげた。兄は朝海の額に手を伸ばしてきた。

「もともとそう長く情報屋にするつもりはなかったんだ。警察官僚の暴力団と麻薬絡みの件……表沙汰にはできない上に、どうしても薬物中毒者を瞬時に見分けることのできる、あいつの鑑識眼が必要だった。だから事件解決まで協力して欲しいと頼んだんだ」

そうだったのか。もともと短い約束で。

「理史、私は飛高が望むなら、そのまま警視庁に残ってもらいたいと思っている。あんなに優秀な鑑識はそう簡単に見つかるものではない。だが彼がどこか別のところで働きたいと言うならそれを止めることはできないとも思っている」

「よかった、兄さんの気持ちを聞けて」

ほっとした表情を見せた朝海に、兄は不可解そうに尋ねてきた。

「だけどおまえはそれでいいのか、理史」

「え……」

朝海に近寄り、兄が耳元で囁く。

「おまえたち、デキてるんだろ?」

「……っ」

驚いた顔をした朝海に、兄はくすりと笑う。

「正直だな。捜一の刑事なら、どんなときでもポーカーフェイスを貫け」

人の悪い男だ。朝海は舌打ちし、兄を睨みつけた。兄はおかしそうにふっと笑ったあと、真摯に問いかけてきた。

「それでどうなんだ、本当にあいつを手放していいのか?」

「いいもなにも、俺は、あいつにはその能力を最大限に生かして欲しいと思っている」

「それが飛高の幸せなのか?」

兄の問いかけに、朝海は息を詰めた。

「そうだ、あいつにとっての幸せ」

そんなこと……考えたことがなかった。飛高自身が幸せを望んでいるようにも思えない
ということもあったが、彼は天才で、他の人間にはない能力を持っているので、なにより
彼らしく働ける場所で働けることがあいつにとって一番だと思っていたが。

「飛高の幸せ、そしておまえの幸せは何なのか、理史……人生は短い、後悔のないように
よく考えるんだな」

兄はちらりと腕時計を確認し「本部に戻る時間だ」と独りごとのように呟いた。

「じゃあ、私はそろそろ行く。早く退院しろよ」

ポンと朝海の肩を叩くと、兄は背をむけた。

「待ってくれ、兄さん、頼みがある」

「ん？」

兄が眉をよせてふりかえる。一か八か、以前から確かめてみたかったことを口にした。

喜代原のことを。

「あの、実家の俺の部屋……祖母の写真の横に、小さな骨壺がある。水族館のマークがつ
いた小さなイルカのブックマークと一緒に」

「骨壺とイルカのブックマーク？」

「ああ。ブックマークを見て、なにか思うことがあったら……いや、それがあんたの知っている水族館のものだったら、ブックマーク、もらってくれ。それでその水族館の近くの海に……骨壺の中身を散骨してくれないか」

兄は表情を変えなかった。訳のわからないことを言うな、言っていることの意味が私にはわからない——そう答えるだろうか。それとも。

その表情を推し量ろうと朝海はじっと見つめた。しかし兄はいつもの能面のような顔のまま、なにも言わずくるりと朝海に背をむけた。

無言という形の返答。それが答えの気がした。そのまま兄がトレーニングルームをあとにする。一瞬、その横顔がトレーニングルームの鏡に映った。

——兄さん……。

わずかだが、兄の眦が濡れていたように見えた。

ふたりの間になにがあったのかは、朝海にはわからない、ただ……喜代原が書いていた『朝海さん』は『親友の朝海』ではなく、彼が影で仕えていた『朝海さん』——兄のことだということだけしか。

兄はきっと喜代原のブックマークをもらってくれる。そして水族館の近くの海に、彼の骨を散骨してくれるだろう。

そう確信した途端、すぅっと朝海の眦から涙が流れてきた。

喜代原が喜んでくれている。きっとあの世で、喜んでいる、そんな実感がふいに衝きあがり、次から次へと涙が流れ落ちていった。

そのとき、ふと兄の言葉が脳裏で甦ってきた。

『それが飛高の幸せなのか？』

飛高の幸せ……。そして自分の幸せ。胸の底からこみあげてくる想い。

どうするべきなのか、アメリカに帰れと言ったのに、今さらどうしていいかわからなくなり、複雑な気持ちにかられた。


そのあと十日ほどリハビリが続き、努力の甲斐《かい》があってギプスがとれ、クリスマスイブに朝海は退院することとなった。

最後の検査を終え、午後過ぎ、医局で退院の許可をもらった。

「明日退院できます。ご希望されるなら今日でもいいですが？」

「今日がいいです。退院できるならぜひ今日のうちに」

「わかりました。ふつうは朝に退院してもらうんですが、クリスマスイブですから特別ですよ、彼女と仲良くお過ごしください」

「ありがとうございます」

クリスマスイブだから早く退院したいというわけではないが、そういうことにしておこうと思った。

「こんなに早く動けるようになった人はめったにいませんよ。さすが捜一の鬼畜刑事、自分にも厳しいんですね」

片方の松葉杖を使うだけで軽く階段を上り下りできるようになった朝海に、主治医は感心したように言った。

そのあと上司に退院する旨を伝え、支払いや病室の片付け、荷物の整理などをしているうちに夕刻になってしまった。

「お世話になりました。それではこれで」

医局を訪ねたあと、病室に戻ると、朝海の荷物を運ぼうとしている男の姿があった。

「飛高……」

「迎えにきました。今日、非番なんで。荷物はこれだけですか?」

ベッドサイドに用意しておいたキャリーカートやボストンバッグを掴むと、飛高は他に荷物がないか病室を見まわした。

「ああ、だけど……どうしておまえが」

「朝海参事官から、最後の仕事を三つ頼まれました。一つはあなたを車で実家に送って欲しいということ。それから次は、約束は無事に済ませ、ブックマークはもらっておくということを伝えて欲しいと」

　では、兄は喜代原の散骨を済ませ、彼の遺品ももらってくれたのか。

　――やはり……ふたりの間には俺の知らない深い絆のようなものがあったのだろう。

　兄が署轄の署長だったとき、その管区の派出所に勤務していた喜代原。

　そのときになにがあったのかはわからないが、ふたりで水族館に行ったこと、そして誰にも知られることのない信頼関係があったことだけは確かだ。

「それで……三つ目の仕事は？」

「あなたとの仲にケジメをつけてこいと言われました。多分……あなたにちゃんと別れを言ってこいということでしょう」

　別れ――――。

　その言葉に、一気に冷たい谷底に突き落とされたような気がした。

「別れ……か」

「私は明日にはアメリカに戻ります。今夜、あなたが退院しなくても挨拶にはくるつもりでした。ずいぶんお世話になりましたから」

「いや……別に世話なんて……俺はなにも」

　飛高はアメリカに帰る……。そうだ、朝海がそうしろと言ったのだった。彼にとってそのほうがいいと思ったから。

だけど……この間、兄と話したときから、朝海のなかで迷いが生じていた。このまま飛高と離れることが互いにとっての幸せにつながるのか？

アメリカに戻ったほうが飛高の能力が生かせる……という理由。それよりも、人として飛高が幸せになれる道を優先すべきではないのか？

「あなたと過ごせて本当に楽しかったですよ。なにせ初恋の相手ですからね。でも同性はこりごりです。次は女性がいいですね。生殖行為目的の恋愛がいい」

からっと明るく言う飛高の姿。もうとうに朝海のことは吹っ切れているようだった。

――そうか……もう飛高は俺のことなんて。自分の気持ちに気づいたときは、すでに遅かったというわけか。

一抹の淋しさが胸を覆っていた。

外に出ると、吹き抜けていく風は予想していたよりもずっと寒かった。

「……一カ月近く入院している間に、すっかり真冬になってしまったな」

ぼそりと朝海が呟くと、飛高は朝海の首にふわりと自分のマフラーをかけた。

「マフラーから甘ったるい香水のような匂いがする。今まで女といたのか？」

助手席に座った朝海は、運転席についた飛高の姿をちらりと見た。そういえば今日は焦げ茶色の洒落《しゃれ》たスーツを着ている。

「……さっきまで、私の送別会があったんです。そこでたくさんの女性に囲まれていましたから。イブを一緒に過ごさないかといろんな人に誘われましたが、もう最後なのでと断りました。そんなとき、参事官から電話があって、抜けだしてきたんですが。あ、でもクリスマスのプレゼントと送別会のプレゼントはたくさん頂いてきましたよ」

車を運転しながら、飛高がバックミラー越しにリアシートを一瞥する。

そこにはピンクや赤といった紙袋がぎっしりと並べられていた。リボンがついたものや、花が飾られたものなど。車全体から甘い香りがするのはそのせいか。

「気に入った子はいなかったのか？」

「気に入っても、私は明日アメリカに戻る身ですから、迂闊にお持ち帰りできませんよ。でもせっかくなので日本にいる間にもっといろんな女の子とつきあえばよかった。あなた以外、誰とも寝たことがないなんて侘《わ》びしい人生だ」

「大丈夫だ、アメリカですぐに彼女が見つかるだろう。ルックスもいいし、若いし、天才的な検屍官でもあり、法医学者だ。ちょっと変わった性格も愛嬌《あいきょう》がないことはないし、結婚相手ならよりどりみどりだよ」

言いながら、なにをバカなことを言っているのだろうと虚しくなってきた。それなのに、彼を煽るような台詞を吐くことが止められない。そうでもしないと、自分の心に空いた空間を埋めることができない気がして。

「とにかく俺が太鼓判を押してやる。おまえはすぐに恋人ができるはずだ」

「本当ですか？　嬉しいですね。子供、早く欲しいんです、私は家族がいないから」

家族――――。

その言葉に、朝海は視線を落とした。

そうだ、飛高には家族がいない。女性と結婚し、何人も子供を作ることが彼の幸せではないのか？　そうだ、自分といることが彼にとっての幸せではない。そうはっきりさとると胸がどうしようもなく軋《きし》んで涙が出そうになった。

――バカだな……俺は。自分から飛高のことを突き放しておいて……。おまえといるのが辛いと……俺があんなことを言ったから、飛高は俺のことをあきらめて……それでもうすっかり乗り越えてしまったというのに。どうして今さら、飛高を手放したくないなどと思ってしまうのか。今になって、一緒にいて欲しいと思うなんて……あまりにも自分勝手ではないか。

やがて車がクリスマスのイルミネーションに飾られた街を通り過ぎていく。朝海の実家の前に車を停めると、ちょうど雪が降ってきた。

「足……大丈夫ですか」

「ああ」

「公園……行きませんか？　以前にお祖母さんとよく遊んだ公園だとおっしゃっていましたよね。一度、案内して欲しかったんです。足に負担がかからなければ……の話ですが」

「大丈夫だ」

ふたりで、朝海の自宅のすぐ近くにある緑地公園に入っていった。

「広い公園ですね」

「ああ、祖母とはよく一緒にきたよ。公園の奥にカフェがあって、そこの売店で売ってる甘味が旨《うま》くてな、春から秋まではソフトクリーム、冬はお汁粉。祖母がいつもごちそうしてくれたんだ」

「今の季節なら、お汁粉ですね。最後に……私にごちそうしてください」

「店が開いてたらな」

かつて祖母が溺れかけた池のある公園。あれ以来、めったにくることはなかったが、子供の頃は毎日この公園にきていた。老犬のマリを連れて。

頭上からは雪がちらちらと降っている。

クリスマスの電飾が飾られ、にぎやかに煌めいているが、公園に人気はなかった。

「松葉杖、しんどくないですか」

「安心しろ。病院では、地下一階から地上十階までの階段を使って、松葉杖で上り下りの訓練を一日に十セットやっていた」

「すご……主任らしいですね」

「ああ、早く復帰したかったからな」

話をしながら池の畔《ほとり》を歩いていく。

こうしていると、飛高の匂い、声、その腕のたしかな感触、そして体温……。一緒に過ごした時間が甦ってくる。

飛高はもうすぐアメリカに戻る。一緒に関わっていた事件も解決し、喜代原のことも今では澄んだ気持ちでふりかえることができる。すべては飛高のおかげだ。

これから先は、もう身近で触れあうことができないのだから、今を逃すともう一生この気持ちを伝える機会はないだろう。

やがて池を中心とした公園の真ん中にある広場についた。傍らに小さなカフェがあったが、すでに店は閉じられている。

「お汁粉……残念ですね」

「ああ」

クリスマスの飾り付けがなされ、ショーウインドーにはサンタの格好をした熊のぬいぐるみやクリスマスツリー、それに綺麗なクリスマスケーキが並べられていた。

そこに映る飛高の姿を朝海はちらりと見た。

――飛高……。

もうアメリカに帰ってしまう。これで終わり。そう思っただけでどうしようもない焦燥に駆られ、朝海はショーウインドーのなかの飛高の顔をじっと凝視した。

ひとひらふたひらと雪の欠片が落ちていく。

するとウインドーのなかの飛高がやるせなさそうに眉をよせる。

「では私はそろそろ失礼します」

飛高の声が鼓膜に触れたとき、本当に完全に飛高を失ったことを実感した。

「ああ、元気でな」

彼はアメリカに帰る。そして自分はまた以前のように明日から捜査一課で働く。

月山逮捕のあと、朝海が係長に昇進するらしいという話は耳にしている。

そうなればますます忙しくなるだろう。

捜査捜査の毎日を過ごしていく。凶悪犯を追い、捕まえて。

充実した毎日が待っている。そう思うのに、胸の奥が冷たく凍っていくような感覚を抑えることができない。

「五分ほどなので、松葉杖でもご実家までひとりで帰れますよね。俺はこのまま成田《なりた》にむかいます」

ポンと朝海の肩を叩き、飛高は朝海に背をむけた。

池の脇を通り、飛高が去っていく。その姿が水面に映っていた。

もうこれでふたりの時間が終わる。もう飛高とは会えない。そう思った刹那、いてもたってもいられなくなり、朝海はとっさに追いかけようとした。

「待……」

しかし無意識に骨折したほうの足を踏みだし、そのままがくんと地面に膝から落ちてしまった。するりと手から抜け落ちた松葉杖が地面に倒れる。

「……く……っ」

ゆっくりと立ちあがると、朝海は地面に落ちた松葉杖を見下ろした。

はらはらと雪が積もっていくのもかまわず、一歩も動けず、ただ呆然と松葉杖を見下ろすことしかできない。

「……っ」

一体、何なんだ、この感情は。胸がきりきりと痛んでどうしようもない。これは、どういうことなのか。わけがわからない。

鬼畜、捜一の鬼……と言われていた自分が言葉も失ったように立ち尽くし、飛高がいなくなることに目頭を熱くしている。一度でも瞬きしたら、眸から大粒の雫がこぼれ落ちてきそうな状態で。

——どうなってるんだ……俺は。

これは自分が決めたことだ。兄に利用された挙げ句、命を狙われた飛高を見て、彼をもっと彼らしく耀ける場所に戻し、危険から遠ざけようと。

これでいい。彼が彼らしく。そう思うのに、どうしてこんな気持ちになるのか。

「飛高……」

震える声で呟いた瞬間、堰《せき》を切ったようにドッと眦から涙が流れ落ちてきた。身が引き裂かれたようにあちこちが軋み、目の奥から次から次へと熱いものが流れ落ちていく。こみあげてくる嗚咽を止めることができない。

「く……っ……う……」

飛高はもういない。池のむこうの林に消えてしまった。自分から手放してしまった。だけど仕方ない、これが飛高の幸せだ。そのほうが幸せだから。

そんなふうに己に言い聞かせ、我を忘れたようにじっと佇んだまま、ぼろぼろと涙を流していると、ふいに後ろから声が聞こえた。

「主任……泣くくらいなら、アメリカに戻るなとは、言ってくれないのですか」

その低い声……！

はっとしてウインドーを見ると、自分の背後に飛高が立っていた。

「おまえ……どうして……」

涙を拭《ぬぐ》うのも忘れ、呆然とした顔で彼の姿を確かめる。飛高が淡く微笑する。

「あなたが行くなと言っている気がして、公園を出たあと、別の入り口からまた戻ってきました。行くなと言ってくれますね」

そんなこと……言えるか。こんなにも優秀な検屍官を自分のために縛りつけることはできない。自分にだって男としてのプライドがある。

手にするんだ」

「……誰がそんなこと。おまえはアメリカで結婚して、子供を作って、あたたかい家庭を
泣いている顔を見せたくなくてうつむき、朝海はぽつりと言った。

「ああ、それ冗談です。私なりのブラックユーモアのつもりでした。あなたが笑いながら、
バカにしてくれるのを期待していたのに……本気にされて、示しがつかなくなりました」

「お……俺をからかったのか」

「からかったのではありません。あなたに笑って欲しかっただけです」

「一緒だ」

「あの……主任、それよりもどうか早く言ってください、行くなって。言っても全然いい
んですよ」

「言うわけないだろ。てめえはアメリカへ行け」

朝海は飛高に背をむけた。

本当は言いたい。アメリカに行くな、そばにいて欲しいと。でも言えない。プライドな
のか拍子抜けしたのか、改めてそんなことを言えるわけがない。

「わかりました。じゃあ、アメリカに行きます。その代わり、ついてきてくれますか?」

えっ……と、驚いて顔をあげた朝海に、ショーウインドーのガラスのなかで飛高が淡く

ほほえむ。

「ついてきてください。私にアメリカに戻れと言うなら、あなたがついてくるんです。戻るなと言うなら、私がここに残ります。どうするか、あなたが選んでください」

「飛高……」

後ろから朝海の肩に手をかけ、ガラス越しにこちらの顔をまっすぐ見つめてくる。

「日本に残ったときは、一生、鑑識として警視庁で働く覚悟です。あなたのお兄さんの情報屋はもうやめました。これからはあなたの情報屋になります。だから言ってください、行くなと」

ああ、また一途な目。縋るような、切なげな眼差しに、朝海の胸が震える。

「送別会……したんじゃなかったか」

「明日また出勤して、みんなに言い訳しますのでご心配なく。にっこり笑って、やっぱり働くことにしましたと言います。面の皮は厚いんで、それくらい簡単なことです」

「でも上層部には……」

「その件ならご安心を。年末なので正式な辞職の受理は年明けになると、朝海管理官がおっしゃっていました。まあ、でも辞めることになっていたら、それはそれでまた新たに警察の試験をうけて、交番勤務からやり直します。あなたといられるなら何でもします」

飛高は幸せそうに微笑した。

「何で……おまえはそこまで俺に」

「私はあなたのそばでないと、人間らしくいられないんです。四年前、助けたときからずっとあなたが好きなんです。何でかわからないけど、初恋だったんです。身代わりでもいいから、そばにいてはいけませんか？」

「……おまえはそれで幸せなのか？」

「ええ、それだけが私の幸せなんです」

もはや手放すことはできない。そう思った。

一途に慕ってくれるこの無垢な心の男。純粋でまっすぐで、法医学の天才なのに……人としては足りないところだらけで、よりによって朝海のような男を本気で好きになってしまったどうしようもなく可哀想な男。

この男がそばにいてくれるなら、醜く、どうしようもない凶悪犯罪を前にしても、月山のように歪むことも、迷うことも荒《すさ》むこともなく、自分はまっすぐ捜査の鬼として己の道を歩んでいける。そんな気がした。

「……わかったよ」

朝海はふりかえり、その首に腕をまわして、唇を重ねた。

「なら、そばにいろ。俺がこき使ってやる。だから……ずっと俺のそばに」

もう手放すことは考えない、ともに生きていくことを考える。そう決意した。

この男の未来、この男の才能、この男のすべてを護るため、ひとりの刑事としてもっともっと強く、もっとたくましく犯罪者を検挙できる男になっていきたい。

「では、そばにいてもいいんですね」

眸をまっすぐ見つめる飛高に、朝海は小さな笑みとうなずきを返す。

「ああ、身代わりではなく、飛高というひとりの男としてそばにいろ」

その言葉に飛高は小さく息を呑んだ。

「いいんですか、身代わりでなくて」

「……もうずっと……俺はおまえ本人が好きなんだけどな。だからアメリカに戻そうとした。それが俺のプライドだった。でも気づいた、もっと大きなプライドを持たなければいけないということに」

朝海は飛高の頬に手を伸ばした。

「もっと大きなプライド？」

「おまえの能力を護り、おまえに恥じない捜査ができる刑事となること、そしておまえの人生をまるごと引き受けるだけの器の大きな男になることだ」

「じゃあ、私を恋人にしてくれるんですか」

ああ、とうなずくと、飛高が満たされたように微笑する。

もうこの男は機械ではない、朝海への恋愛感情がこの男を人間らしくしているのだと実

感し、心のなかでこれまで以上に飛高への愛しさがこみあげてきた。

好きだ、この男がとても。だからこそこの男を護れるだけの男になりたい。刑事としてもっと大きく。いや、刑事としてだけではなく、人間としても、この無垢で優しくて一途な男にふさわしい器の大きな人間に。

そんな決意をしながら飛高の背に腕をまわし、朝海はあたたかな飛高のぬくもりに至福感じた。

「おまえ……俺の恋人になりたいなんて……世界一趣味が悪いぞ」

「でも世界一幸せです」

飛高は朝海の肩に腕をまわし、唇を近づけてきた。唇が触れあいそうなところで動きを止め、飛高がぼそりと問いかけてくる。

「あなたはどうですか？　あなたも幸せですか？」

不安そうな問いかけ。いじらしくて、生涯かけて、たっぷりとかわいがってやりたいという気持ちが芽生えてくる。ついこの間まで氷のように冷たい空気を漂わせた機械か、冷ややかな猫科の動物のようだったのに。

「ああ、悔しいが、俺も世界一……」

自嘲気味に笑うと、飛高が唇を押し当ててきた。

優しいキス。すごく幸せだった。飛高が幸せで、自分が幸せでいられること。それが一番大事だと胸の奥で実感した。

頭上から降る雪があたりをまっ白に染めていく。その清らかな白さ、心地よい冷たさが飛高のようだと実感しながら、朝海は彼の背を引きよせた。

明日からまた任務が始まる。人が殺害されるような重大犯罪が起き、その現場に行き、飛高は死体から事件を読み解き、朝海は犯人を捜していく日々。

飛高が鑑識で、朝海が刑事である以上、修羅のなかから抜けだすことはできない。だからこそ、今はこの束の間の静けさにゆったりと身を任せたかった。幸せだと感じられる時間を大切にしたかった。

クリスマスイブにふさわしい雪の世界で過ごす聖なる夜。この世界で一番大切な相手とともに過ごせることに感謝して。

# あとがき

このたびの大震災にて被災されました皆様、ご家族、ご親族の方々にお見舞い申し上げます。お亡くなりになられました方々のご冥福をお祈りするとともに、避難中の方々、救助活動、ボランティアをされている方々のご無事とご健康を心より願っております。

こんにちは。「ゼロの獣」を手にとって頂き、ありがとうございます。
今回は、警察の人が主役です。受の朝海は鬼畜だけど情にもろい刑事、攻の飛高は理系眼鏡の鑑識。要するに、男前受と年下ヤンデレ執着攻の話です。攻っぽい受は、少々いたぶっても頑丈なので頼もしいです。心が狭いヤンデレ攻も、そのどうしようもない感じが好きです。能面エリートの朝海の兄も含め、今回、キャラのやりとりを書くのはとても楽しかったのですが、執筆は……公私共に問題が多発して大変でした。前作の海の話を短縮するのに手間取っているうちに時間が超過したのを発端に、初稿中に親が入院、初稿アップ後に私も倒れて入院手術、退院後改稿にかかりましたが、親がまた入院。激しいアップダウンに翻弄され、さすがに挫折しかかりましたが、多くの友人や仕事関係の方々に支えられてここまでこられました。今後は大迷惑をおかけした方々へのお詫びとご恩返しに徹したいと決意しています。また震災後、被災地の読者の方々から「無事です」「新刊楽しみにしています」とメールを頂きました。本当にありがとうございます。こうして本を通して皆様と交流できることに深い感謝を覚えると同時に、私もそれを支えに、一日一日をこれまでよりも大切に、またかけがえのないものとして過ごしていこうと思っています。

高階佑先生、ご迷惑をおかけしてすみませんでした。まだラフを拝見しただけですが、表紙や中の絵の構図がとても素敵で嬉しかったです。綺麗で格好いい二人のラフは何よりの喜びであり、辛い時期の支えでした。完成イラストを見るのが本当に楽しみです。大好きな歴史物に続き、今回もご一緒できて幸せでした。どうもありがとうございます。

担当F様、心苦しい日々でしたが、ここまで辿り着けてほっとしています。長くお世話になっているのに迷惑ばかりかけてすみません。F様もどうかご無理なさいませんように。

読者の皆様には、苦闘した分、少しでも楽しんで頂けたら嬉しいのですが、いかがでしたか？　詳しい方が多そうな警察設定、挑戦していいのか葛藤し過ぎて筆が止まった時期もありました。親戚に関係者がいるものの取材はままならず、今回は法曹方面の友人に助けてもらいましたが、最終的にはキャラの動きに任せて楽しく書いたので……設定等の細部は、フィクションとして楽しんで下さい、とお願いしておきます。何か感想などありましたらこっそり教えてくださいね。また今回は本のカバーの下に飛高視点のおまけＳＳも書きました。そちらのチェックもお願いします。※ネタバレしているので必ず読後に！

目つきの悪い受、とのことで、新鮮で
とても楽しかったです。
でも挿絵ではあまりそんなふうに描けなかったような…（笑）
どうもありがとうございました!!
高階佑

KAIOHSHA ガッシュ文庫

ゼロの獣
（書き下ろし）

ゼロの獣
2011年5月10日初版第一刷発行

著　者■華藤えれな
発行人■角谷　治
発行所■株式会社 海王社
〒102-8405
東京都千代田区一番町29-6
TEL.03(3222)5119(編集部)
TEL.03(3222)3744(出版営業部)
www.kaiohsha.com
印　刷■図書印刷株式会社
ISBN978-4-7964-0100-5

華藤えれな先生・高階 佑先生へのご感想・ファンレターは
〒102-8405 東京都千代田区一番町29-6
(株)海王社 ガッシュ文庫編集部気付でお送り下さい。

KAIOHSHA ガッシュ文庫

Elena Katoh presents
華藤えれな
Illustration You Takashina
高階佑

# うたかたの愛は、海の彼方《かなた》へ

**快楽の奴隷となり、墜ちてゆくがいい――**

海軍の勇将として名を馳せるベネツィア貴族のレオーネは、オスマン・トルコから使者を迎えた。だが、そこにはかつて兄のように慕った従者のアンドレアがいた。彼は戦死したはずなのに…。敵国の使者となった彼は国の不手際の代償にレオーネの躰を要求する。レオーネは夜ごと快楽を教え込まれることになり…!?